内田謙二

ヴィンテージ・カフェからの眺め

——西欧《ヨーロッパ》を夢みた黄色い眼

影書房

ヴィンテージ・カフェからの眺め

——西欧《ヨーロッパ》を夢みた黄色い眼

目次

ヴィンテージ・カフェからの眺め

――西欧《ヨーロッパ》を夢みた黄色い眼

カバー＝松本進介

シャーデンフロイデ

カフェ・ビア・ステーションにて。マクマホン通り、パリ一七区

〃シャーデンフロイデ〃はヨーロッパ語であり、他人の不幸を喜ぶ気持ちを言う。もともとはドイツ語だが、フランス語やイギリス語でこのドイツ語の繊細な意味を伝えようとすると、説明するのに一、二行は費やさなければならない。だから今ではフランス人もイギリス人も、この言葉を自国語として使う。

僕の事務所は〃ビア・ステーション〃から二つ目の通りにある。道路は並行に走るか直角に交差するのが普通だが、町の中に大きな丸い広場を作ると、道はそこから放射状に斜めに走ることになり、

町には活気と魅力が生まれる。パリのエトワール広場がそうだし、ニューデリーのコノート広場もそうだ。

イギリスの若者を満載したバスがエトワール広場を横切るとき、その乱雑ぶりに、みんながバスの窓から身を乗り出して歓声を上げている。前後左右からバスへ突っ込む小さな車の群に喝采を送っているのだ。イギリス人にとってはヴァテルローでの決戦をヴィデオ・ゲームで見る気持ちなのだろう。そして、左側から突進して来た車の群がなぜ窓の下でピタリと止まるのか、なぜ事故が起こらないのかを不思議に思っているに違いない。イギリスでは先に広場に入った車に優先権があり、エトワール式の〝先に突っ込んだ方が勝ち〟式の広場はないからだ。実はエトワール広場にも立派な規則がある。それは右側から来る車が絶対的な優先権を有し、事故があれば左側の車が責任を負うことだ。しかし左側の車は一度停車してしまって右側の車を通すと、待ち構えていた右側の車の列に場所を取られてなかなか進めない。だから左側の車は右側からの車の野心を挫くようにわざとスピードを上げる。ただ最後のぎりぎりで、右側の相手が突っ込んできたとき急停車し場所を譲る。フランス人はそれを知っているから、混乱の中に規律が生まれ、事故も起こらない。それを知らない外国人、例えばドイツに住む石井さんは、この広場にメルセデスで入ったまま右の放射道路へ出ることができず、広場を三回も回ったと言う。イギリスとフランスは遺伝的に天敵だったのに、ヨーロッパ、ここパリにも平和が続く。

それに対して、ドイツはフランスの近代の敵と言える。一八七一年、プロイセンの宰相オットー・

フォン・ビスマルクはフランス軍を打ち破り、パリ近郊のヴェルサイユでドイツ帝国の建国を宣言した。その式典には若い士官パウル・フォン・ヒンデンブルグも出席した。一九一九年、ドイツはヴェルサイユに戻ってきた、今度は敗戦条約に署名するため。一九三三年、今は老いたヒンデンブルグ将軍はヒトラーを首相に任命した。ヒトラーは直ちに、ヴェルサイユ条約を廃棄させるぞ、と宣言した。

ある新聞によると、第二次世界大戦の前夜、オーストリアの皇太子フォン・ハップスブルグ青年は、ヒンデンブルグ老将軍に向かって無邪気に質問した。

「将軍のお好みの町はどこですか」

老将軍は躊躇せずに答えた。「パリ」

「どうしてまた、将軍、仇のフランスの都を?」

「たった一つの機関銃で、七つの大通りを監視できるのは世界でパリしかない」

今では一千万人以上のドイツ人が、観光で毎年フランスを訪れる。

僕はエトワールから放射状に広がる大通りの数を数えてみたが、七ではなく一二ある。僕の事務所はそのような大通りの内の一つにある。

僕の事務所には、凱旋門に近いという土地柄が一種の高貴性と信頼性を与えるという利点はあるが、大きな欠点は〝エトワール広場症候群〟があることだ。毎日が闘争である。秘書に何かを頼むと、その度ごとに年末のボーナス値上げを暗に示唆される気分にさせられる。彼女達はそれを目や手の動きで表現し、おまけに甘い声音を浴びせかける。それはタクシーの運転手と会話を交わすごとに高いチップを要求される気分に似ている。

マリーだけは違う、何故か。彼女は秘書主任で、僕のフランス語にはいつも顔を顰め、顎を突き出し、目を細めて数秒答えないので、僕は自分のフランス語のどこがまずかったか思いかえさねばならない。僕は相手に合わせるように努めるが、フランス人は相手を自分のペースへひき入れようとする、そんな違いをいつも感じる。そしてそれが僕の均衡を狂わせる。だからなるべく秘書には頼まないように、自給自足の生活を始めた。余程のことがない限り。

でもこの日は、某社の書類を出してくれるように頼まざるをえなかった。

「これから裁判の準備をする」

「それじゃ頑張ってね」（それがどうしたの？）

「某社は訴えられて困っているらしい」

「そうでしょうね」（私に関係ないわ）

「某社の書類が欲しい」

「棚の上にあるはずよ」（自分で探せばどうなの）

「某社の書類を出して貰いたい」

「今はそんな時間はありませんわ、他の仕事で手一杯です。ダンに頼んでみて下さい」

ダンは事務所の雑用を片づける男だ。誰に頼んでもよいではないか、僕は事務所の責任者だぞ。僕は顔のほてりを感じながら繰り返す。

「某社の書類が要る」

「貴方のおっしゃること、チャンと聞こえましたわ」（フランス語わからないの？　これ以上話しても仕方ないわね）

マリーは自分の机へ戻っていった。僕は彼女を追いかけ、その部屋の戸口に立って、

「某社の書類、急いでるんだぞ」

「この仕事が終わってからやります。私もできるだけのことはやってます」（やはり外国人は駄目、まず考えることが愚かね）

僕の顔は熱くなる。声が震える。

「糞、ワオー」

回りの空気が薄くなる。ただマリーは左手の親指を僕の目の前へ突き出し、それに右手の人差し指をあてがい、ついで左手の人差し指、中指、薬指とあてがう。そしてマリーズ、ジュリー、エレンヌ、ニコールなどという名が遠くから聞こえる。いま指揮している部下の名を挙げているのか、あるいは彼女等に頼めと言っているのか。

目の前に突き出された長い指とその向こうで開閉する口を見ながら、僕はぼんやりと考えた。日本ならまず五本の指を扇状に広げ、それらを一本ずつ折っていくから、まだ慎ましいところがあるのに。

僕は気が付いた、書類の準備はダンの仕事なのだ。マリーは高卒免状（バカロレア）を持っており、僕がそれを彼女に頼むのは侮辱にあたるのかもしれない。もしマリーの協力を得たいのなら、もっと

順序をふんで頼むべきだったのだ。

先だって、まだ関係が悪化する前のこと、マリーが姪の話をしていて、二年生から一年生へ昇年したと言った。今でも僕の習慣に馴染まないが、フランスでは、ナポレオンの制定したバカロレア制度は今でも重要で、それを取得する高校三年を〝最終年〟と呼んでゼロ点とし、そこから上と下へ数え分ける。大学へ進学すれば一年、二年、三年と数が増えて行くからまっとうだが、高校の学年を数えるときはゼロ点から第一学年（日本の高校二年）、第二学年（同、高校一年）と数え下げる、身についた習慣を逆撫でするような悪魔の計算となる。

僕は信心深く慎ましいヒルデガルトに尋ねた。彼女はオランダ人で規律正しく、パリッ子にない親切な秘書でもある。

「別に変とは思いませんわ。だって、いつも一から数え上げるなんて退屈と思いません？」

「……」

「フランス人にとって大切なことは順序に従うことではなく、肝心な点を優先することですわ。些細なことは後にすればよい。まず直感で結論を選び、その後に理由を探す、そんな要領です」

確かに、昔の教育ではバカロレアを取ることが人生の境目であったはずだ。

「キリストの西暦だってそうですわ」

ヒルデガルトは何気なく言った。

僕はフランス語で話す努力をするのに嫌悪を感じ、外の空気を吸いたくなり、近くのカフェ〝ビア・

ステーション〟へ出掛けた。僕は通りに出た円卓に席をとって、前を通る人々を見やりながら、ヒルデガルトの言った意味をボンヤリと考えた。

確かに西暦ゼロ年はエルサレムやヨーロッパが始まった年ではない、単にヨーロッパ文化で最も重要な人物が生まれた年に過ぎない。その年は歴史的に、何年かの誤差で正確に証明できる。その年を基準にしてバカロレアの要領で過去の方へ、また現代の方へ数えて行けばよい。ギリシャのプラトンはキリストより四〇〇年以上前に生まれたらしいから、紀元前五世紀の哲学者と考えればよい。僕は思い出す。日本の歴史は聖徳太子の生年をゼロとせず、あくまでも絶対的なゼロ年を求め、未知の日本へ二七〇〇年近くも遡って原点を設定したことを。

事務所に戻ると僕の机の上には百科事典のように厚い綴込み書類が三つおいてあった。ヒルデガルトが僕の部屋に来て、

「今さっき、私が何かお気に障ることでも言ったのでしたら、ご免なさい、キリストのことで」

僕はわざとひょうきんに話を逸らした。

「僕の国には天皇がいます、天皇が変わると時代も変わります」

「オランダにも王様がいますわ。でもキリストは王様の上で、時代はキリストを基に決められました。王様は亡くなりますが、キリストは永遠ですから。しかもキリストは復活祭には生き返ることもできます、ホッホッホッホ」

マリーがやって来たので、ヒルデガルトは急に口を閉じて引き下がっていった。この事務所はマリー

が支配しているのだ。僕は机の上の書類を指差して、

「どうも、マリー」

「私ではありませんわ、ダンがやったのでしょう、ムッシュー・シダ」

僕は書類を年代順に上から下へ整理していたが、それを秘書がわざわざ並べ替えたらしい。書類は古い順に下から上へと積み重ねてあり、最新の書類が一番上になっていた。数年経った今では、何が問題かを知るには順繰りに下の書類へ探し戻らねばならない。まるで五年前に起こった殺人事件を調べるエルキュール・ポワロの辛抱強さで。僕は途中で諦め、分厚い書類を完全にひっくり返し、一番上になった書類から読み始めた。

僕のイライラは治まらない。何と邪悪な趣味だろう。フランス語の本を読み始めるには、まず最後の頁を開かねばならない。フランス語の書物では目次は本の終わりに印刷されているからだ。

夕方、退社近くに手紙をダンの机へ持って行った。そうだ、郵便の宛先もそうだ。フランスでは上から順に、名前と苗字、番地と通り名、町の名、国の名、と書き下げる、これは日本の逆だ。フランスの郵便配達人は下から上へ読み上げるのだろうか。それなら上と下を定義した意味がないではないか。

それでもドイツでは、通りと番地に関しては日本式に通りの名を番地の前に置いていた。ところがそれも欧州統合によりフランス式になってしまった。日付けに関しては、イギリスは日本式に月と日の順序で呼んでいたが、これも日、月、年の順に統合されてしまった。つまりは直接の対象を上位に

置き、段々と周辺事情へ下りていく。これは日本式の、周りから固めていき最後に対象に到る方法とは考え方が違うのだ。我々日本人がなぜこのようなアマノジャクな考えに従わねばならないのだ。

僕はダンに、今日のうちに急ぎの手紙を郵便局へ持って行くように頼んだ。

「今日は郵便局がストだから、明日にした方がいいですよ」

「でも今日投函しておけば、ストが終われば最初に発送されるから、やはり今日の方がいい」

早く帰りたいダンは更に悪態をつき、きょう郵便局へ行くのは意味がないと主張する。僕は頭にきて、君の考えは論理的でない、今日出す手紙が明日の手紙より遅く配達される訳はない、と口論になった。親切なヒルデガルトが争いを耳にはさみ、「郵便局に電話して聞いてみますわ」と言うので、僕は自分の部屋へ戻った。ヒルデガルトがやって来た。

「ムッシュー・シダ、確かにストの日に受け取った郵便は特別扱いだそうです。明日になったらその日に投函された郵便を処理した後、始めてストの日の手紙を処理するそうです」

「そんな馬鹿な、先に出した手紙を後回しにするなんて」

「でも、それがストの意味ですって。今日ストをするということは、今日やるべき仕事を全て停止するか後回しにする、あたかも今日が存在しなかったように」

「そんな筋の通らないことが」

「いえ、ムッシュー・シダ、御免なさい、寧ろ論理的だと思いませんか。交通機関のストなら、運べなかった人達を翌日の一番電車に乗せる、なんてことはやりませんわ。郵便局の手紙も同じことですわ」

マリーが僕に近づくのは、僕が誰かと話しているときだけだ。例によって、マリーがやって来たので、ヒルデガルトは僕に目くばせすると部屋から出ていった。

マリーは和解を促すように、僕の書類にかがみ込み、大きくデコルテされた胸を僕の肩に感じさせた。

「電話がありましたよ、フランス語の上手な方で、サン・タンヌ通りのカラオケで二〇時に会いましょう、という伝言です」

「判った」

「もしカラオケに行くのでしたら、私も歌は下手ではありませんわよ」

ある日所長のナタンが僕の部屋に寄り、韓国からお客さんが来ると言った。

「相手は奥さんを連れて来るから、僕も同伴を連れて行く。ケンもマダム・シダを連れて来たらどうだ」

僕はナタンが間もなく引退するというので、その代わりに入所したのだが、ナタンは今でも隔日の夕方に事務所へ現れ、電算機の画面でブリッジを遊んだあと、マリーと一緒に静かに事務所からいなくなる。

この事務所では誰も何も説明してくれないが、入所して四年経ってやっと判りだした。ナタンは離婚し、今はマリーが彼の同伴者であり、事務所の一人はゲイで、ヒルデガルトはどうやらレスビアンの傾向があるようだ。半ドンで働く経理のシモンはナタンの息子であり、事務所のしもじもの声を父親へ報告し、父親の支配を助けていることも判った。オフィス・スパイ。なぜマリーが副所長のように振舞っているのかも判った。僕の次の仕事はこの二人を除くことだ。

韓国からの訪問者はパリ旅行を中止してしまった。僕はマリーがナタンの同伴者として僕の前に現れるときの反応を楽しみにしていたのに、肩透かしをくった。肩に感じたあの日のマリー、胸の弾みを思いだしながら。

ダーク・マター

カフェ・ル・オッシュにて。オッシュ通り、パリ八区

宇宙では昼は太陽が上り、夜には月や銀河が輝く、これらはヴィジブル・マターである。多くの眼に見える物は一定の速度で宇宙の中を回転しているので、それらが飛散するのを防ぐためにはニュートンやアインシュタインの重力の他に、別物の力が働いていなければならない。ところがそれは人の眼には見えない。宇宙学者はそれをダーク・マターと呼ぶ。

僕の新しい事務所は二〇人足らず、技術と法律の問題を専門とし、小さいが会社組織をとっている。

会社だから社長が必要だが、三人の共同経営者が六年ごとに持ち回りでそれになる。僕がこの事務所に入ったのは、社長のナタン・ルルーシュ氏があと一年で引退するので、その穴を埋めるためだ。マルク・メイヤー氏が次に社長になることが決まっていた。ナタンとマルクの共通点は同じフランス人で、二人ともユダヤ系であることだ。異なる点は、前者はスペインやポルトガルや北アフリカで育った南方系ユダヤ人（セファルディ）だが、後者はウクライナ育ちの東欧系ユダヤ人（アシュケナジ）である点だ。

ユダヤ人は神に選ばれた民族だからみな優秀だと思うのは間違いだ。僕の事務所はナタンとマルクの科学的な才能で機能しているのではないことはすぐに判った。その影で非常に有能なポーランド系フランス人が働いているからだ。しかしナタンとマルクは別の才能を持っている。例えばナタンはアメリカのお客さんを摑む才能がある。彼は毎年カリフォルニアやニューヨークへ旅行し、事務所の仕事の多くはアメリカからの依頼による。ナタンが引退した後も幾つものアメリカ事務所からナタン宛の仕事の依頼が続いたし、ナタンに会いたいという訪問依頼の手紙も届いた。「ナタンは引退した」と通知すると訪問は取り消された。それらの依頼はどれも、名前から一見してユダヤ系アメリカ人と判る事務所からだった。

僕の事務所の会計はコーン会計事務所に任されている。コーン氏もセファルディ。ナタンの従兄弟だ、とマルクが教えてくれた。

僕は一年前まで働いていた二〇〇人以上のマンモス事務所から訴えられた。僕がマンモス事務所から今のミニ事務所に変わったときに、二、三の日本企業が僕と一緒に事務所を変えたから、僕が影で操作したに違いない、不正競争の罪を犯した、という訴状だ。ミニ事務所も共謀者として共同被告にさせられた。僕は個人的に弁護士を雇い、マルクはミニ事務所のためにアベール弁護士を雇った。別々の弁護士がいると二回弁護する機会があるからだ。しかし裁判所から召喚された日にアベール氏は現れず、僕の弁護士が慌てて彼の事務所へ電話する始末だった。アベール氏は電話で「他用が長引いて」と言い訳したが、要するに召喚日を忘れてしまっていたらしい。三人の女性裁判官は容赦なくアベール氏不在のまま審議を進め、判決発表日を指定した。僕は頭にきて、がらんどうになった法廷でマルクへ怒鳴った。

「ひどいな、職業上の過失だぞ、どうしてこんな事務所に頼んだのだ」

「僕等と長い仕事関係があるからだ」

「まさかユダヤ関係ではないだろうな」

「いや、その通りだ」

アベール氏の事務所は一等地のシャンゼリゼにあり、ユダヤ系の弁護士しかいないことを後で知った。

マンモス事務所にいた頃、僕は同僚達の遠慮深い会話の裏から、どこがユダヤ系の事務所かはそれとなく感じていた。幾つもあった。単にユダヤ系の人間が多いというのではない、経営者の全員がユダヤ系である事務所もあった。僕にはそれが異様に感じられ、そういう所で働くのはなるべく避けようと思っていた。ところが気が付いてみると、僕はこのミニ事務所でも紛れもなくユダヤ系に囲まれていた。しかし中にいると少しも異様な感じはしない。親切に僕に職を提供してくれたのはアリアン系のフランス人ではなく、ユダヤ系のナタンだけだったのだから。彼等は何世紀も前からヨーロッパの賤民として生き続けているが、僕も名乗らない賤民だ。だから彼等が助けてくれるのだろう。

科学的、現実的なイギリス人やアメリカ人は、ユダヤ系の人間を平気で〝ジューイッシュ〟と同定するし、ユダヤ系人口の統計を取ることにも何の抵抗もない。アメリカ誌の統計によると、ヨーロッパにはユダヤ系が一五〇〇万人（二〇〇七年）いる。フランス人の一％、イギリス人の〇・五％、ドイツ人の〇・二五％がそうだ。ヨーロッパではフランスが一番多いが、アメリカの人口一・八％に比べればまだ密度は小さい。

イギリスのユダヤ系はイスラエルへよりイギリスへの帰属心が強い。何世紀もヨーロッパに住むアシュケナジが多いせいか。それに対しフランスのユダヤ系には、両親や祖父母時代に北アフリカから移住して来たセファルデイが多く、イスラエルへの帰属心が強いばかりか、多くがイスラエルに親戚を持っている。ドイツではポグロム（ユダヤ人大虐殺）の歴史のせいで、ユダヤと言う言葉は禁句だが、それでも僕の同業者、ベルギー人のミリアムは「ミュンヘンで働く三年の間にビヤホールで二回、酒に酔ったドイツ人に、〝お前はユード（ユダヤ人）か〟と言われたわ。あたしの顔は黒髪と鼻を除いてはそれほど典型的ではないのにね」と笑っていた。

このユダヤ人の統計は、恐らく僕の友人のクローディンヌみたいな、ユダヤ教を実践する人の数に違いない。ただフランスは共和国だ。国民を生誕地で分類するのはよいが、人種により統計をとるのはもっての外だ。人の前では〝ジュイフ（ユダヤ人）〟なる言葉は禁句だ。だからユダヤ系フランス人の正確な数は摑めない。しかし西洋人と混血したユダヤ系、キリスト教へ改宗したユダヤ系、ユダヤ系だと主張しないユダヤ系まで入れると、その数は統計よりずっと多いに違いない。

裁判の旗色が悪くなった後に僕はマルクに警告された。

「裁判官にはフラン・マソンが多い。あのマンモス事務所の経営者五人のうち、少なくとも二人はフラン・マソンらしい。フラン・マソン同士は助け合うから、僕等に勝てる訳がない。うちの事務所が損害賠償額を払うから、今のうちに和解しようではないか」

フラン・マソンとは、イギリスでフリー・メーソンと呼ばれる、石工組合を起源とする一種の秘密結社である。ユダヤ系の結束網とはまた別の、目に見えない人々の集まりだ。しかもヨーロッパ社会では何世紀も存続し続けている、隠然たる影響力を秘めて。

フランスには僕の偉大な先輩甲さんと乙さんがいる。日本では僕と同じ学校で学び、同じ専門の科学者である。まず、科学者でありながらフランスに来るのを選んだのだから、常識的な日本人ではない。あの時代にはあらゆる科学者がアメリカへ、運がなければイギリスへ、医者なら喜んでドイツへ行った時代だった。僕の二人の先輩は開拓者であり、気高い異端者の香りを持っている。隠れた強い自我は仕方がないにしても。

甲さんはレジオン・ドヌールいうフランス国家勲章を貰った。乙さんは分子生物関係の国家委員会のメンバーとなった。フランス人でも難しいのに。甲さんと乙さんが凄いのは、三〇歳前後でフランスに来てから、そのような栄誉を勝ち得たことだ。

乙さんはいつものように、話が途切れたときにボソッと付け加えた。

「フラン・マソンに推薦する、と言う話があった」

僕はトゥール大学のギーから聞いたのを覚えている。そのクラブには望んでも入れない、会員の有力者に推薦されなければ。ギーは自分が一介の教授から上に登れないのは、フラン・マソンになれないからだ、と信じている。

「おー、それは名誉なことですね、先輩。誰かフラン・マソンの人間を知ってるのですか」

「いや、誰だか判らない、見当はつくけど」

乙さんがこの推薦を受け入れたかどうかは知らない。このクラブの会員はそれを他言しないのが原則だから、もし乙さんが入っていたら、もう僕には教えてくれまい。だが、フランスでの我が同窓生の栄光は、僕の代から終わりになる。僕は自分に言い聞かせる、僕を推薦してくれてもよかったマンモス事務所が、逆に僕を裁判所へ引き出したのだから仕方がないと。

トゥール大学で突然、その存在さえ聞いたことのない人が大学長になった。ギーは言う。

「判ったろう、大学ではフラン・マソン、そうでなければユダヤかプロテスタントでないと偉くなれないのだ」

最近のニュースではフラン・マソンは大学ばかりではない、司法界にも多い。ニースでは裁判官と市と受注会社の間の闇取引が暴露され、その裏にはフラン・マソンの会員網が蜘蛛の巣のように張り巡らされていたことが判った。

フラン・マソンの会員はフランスには約一三万人いると推定され、世界では三百万余り。彼等は互助の精神を持ち、また親がフラン・マソンであれば子供にも恩恵があるらしい。

フラン・マソンの起源は誰にも正確には判らないが、イギリスであるらしい。もともとヨーロッパでは、石工や大工や職人や見習い達が集まってお互いに助け合った。そのための同業者組合がフリー・メーソンの起源だとされている。時は一二世紀とも、一四世紀とも、一七世紀とも言われる。彼等は仕事ごとに移動し、仕事現場に宿舎を作り、共同生活をした。だから仲間だけの認識語が必要となった。今の会員証みたいなものだ。時の権力者や教会はフリー・メーソンの団結心を恐れ、圧力をかけたので、この組織は仲間同士だけの秘密を守るようになり、秘教的になった。

僕には、フラン・マソンは非常にフランス的な制度のように思われた。きわめて知的な団体だが、地下に隠れ、マフィア的な人情や人の繋がりを重んじ、非透明であるからだ。これがイギリスで生まれたと知って少し意外に思われた。

でも理由が判った。今のフラン・マソンの組織は、〝ユグノ〟と呼ばれるフランスからの新教徒達がイギリスに渡り、そこで旧来の組織を近代化したものらしい。ユグノは北米大陸に入植した最初のヨーロッパ人でもある。コロンブスは一四九二年にアメリカを発見したが、そこに上陸はしなかった。その後の探検家たちはアメリカに上陸したが、そこに定着はしなかった。一五六二年、つまりコロンブスから七〇年後、ジャン・リボーとルネ・ド・ロドニエールと一五〇人のユグノ達はフランスのカトリックの横暴から避難する地を求め、アメリカのフロリダ（今の南カロライナ）に入植し、そこに共同体を作った。彼等の中には画家のルモワンヌ・ド・モルグがおり、当時の新大陸の模様やインデアンとの出会いをヨーロッパへ伝えた。リボーは後続のユグノ植民を求めてフランスに戻ったが、そこでは宗教戦争が悪化していた。リボーは援助を求めてイギリスへ渡るが、そこでスパイとして投獄された。アメリカに残っていたユグノ達はリボーの帰りを待ち切れず、自分等で船を作ってフランスへ戻ってしまった。六四年、新たにロドニエールは三〇〇人のユグノと共にフロリダの一端に入植し、更に六五年には釈放されたリボーは六〇〇人の兵隊や入植者と共に救援隊として彼等に合流した。ユグノのフロリダ進出を心配したカトリック国スペインは、これら新教徒をフロリダから追い出すべく大軍の艦隊を派遣し、ユグノ植民地の近くに砦を築き、フロリダ全体（今の北米東部の南半分）をスペイン領として宣言した。スペインは陸上からのユグノ植民地攻撃を図ったのに対し、リボー達は海からスペイン陣地を攻撃しようとした。ちょうどそのときにハリケーンが発生し、ユグノ艦隊は戦う前に難破してしまった。アメリカの神風（または地獄風）だ。リボーや部下達は陸に漂流したところで敵に捕まり、新教徒だという理由で虐殺された。植民地に残ったロドニエールやモルグや彼のスケッチはスペイン人の攻撃を逃れ、葦の中に隠してあった船で何とかフランスに辿り着き、この悲劇を後世に伝えた。イギリスが北米大陸の植民地化を始める数十年前の話である。もし神風がなかったら、今の世界は違っているかもしれない。

一五九九年、旧教と新教の共存を図るナント勅令が発布されたが、その後も旧教側の不満は絶えず、勅令は少しずつ実を失っていった。ついに一六八五年、フランスの新教徒をカトリックの横暴から辛うじて守っていたナント勅令が撤回され、ユグノ達はフランスを逃れてイギリス、オランダ、スイス、プロイセンなどへ移住した。総計二五万から三〇万人。一部はイギリスからアイルランドへ渡り、更にはアメリカ大陸へ移住し、その一角を植民地にし、アメリカ合衆国の建国と共にアメリカ人となった。一部はオランダへ避難し、更にアメリカ大陸へ移住した。約二〇〇人はオランダから葡萄樹を持って南アフリカに渡り、そこでワインの生産を始めた。

〝ユグノ〟という呼称は、カルヴァン派プロテスタントの集まるジュネーヴ地方の方言から来ており、カトリック系のサヴォワ公爵によるジュネーヴ併合に反対する新教徒達を指すらしい。しかし別の説では、〝ユグノ〟はフランスのトゥール地方の伝説に出るユゴン王が起源だと言う。彼は邪《よこしま》な精神を持ち、夜に迷い出る。〝ユグノ〟と言うと〝小さなユゴン〟の意味だから、異教徒である新教徒のあだ名に丁度よかったと言える。

イギリスにはフランスを逃れた四万から五万人のユグノが定住した。そのうちの一人、デザギュリエ牧師は当時の英国学士院の長であるニュートンに師事し、光のスペクトル分析に関する実験を行った。ニュートンは宇宙の神秘に挑戦して研究する間に、それを宇宙時計と考えた。宇宙の規則性を保証するのは神であり、神は王様みたいに君臨するが、統治しない。無神論の代りに宇宙的な宗教が生まれ、ニュートン物理則に従うニュートン的キリスト教と神が想定された。

デザギュリエはニュートンと働くと共に神学と哲学を修め、ニュートンの造物主と自然法則の考えをフリー・メーソンに導入し、一七一七年から一七二三年の間にそれを近代的に改革した。今やフリー・メーソンは伝統的な石工の職人組合とは関係なくなり、外部から特別の人を会員として認めるようになった。一七二三年にはデザギュリエはアンダーソン牧師に依頼してメーソン憲法を作成させた。実に、フリー・メーソンはイギリスで生まれたにも拘らず、イギリスの科学性はフランス風に神秘化され、イギリスの実利性にはフランス風の選良性が付加された。近代的なフリー・メーソンはフランスへ逆輸入されてフラン・マソンと呼ばれ、啓蒙の一八世紀を生み、更にアメリカ独立やフランス革命への道を開いた。

スコットランド人のデヴィッドは、パリに来るたびに僕をカフェに誘い、亜鉛製カウンター（僕等は椅子には座ったことがない）に肘をつき、判り易いイギリス語とフランス語でゆっくり話してくれる。ケンブリッジとオックスフォードの話になると、ヘン、と咳をして、

「ケン、順序としてはオックスフォードを先に言うのが常識だぞ」

「でもニュートンやダーウィンはオックスフォードよりケンブリッジを選んだのだろう？」

「彼らは科学者だからだ。政治家はオックスフォードさ。俳優にさえオックスフォード派俳優という分類があるのを知っているか。戦前まではオックスフォードにはフランス語科はなかった。フランス語の軽視ではない、オックスフォードに入学する位の者はみなフランス語を話せるとみなされたのだ。世の中は変わったものだな」

「確かに君だって、僕にはイギリス語ばかりでなくフランス語で話してくれるのは恩に着る」

「告白するが、僕がオックスフォードに入れたのは、モーツァルトのお陰なのだ」

確かにデヴィッドはモーツァルトのことは何でも知っている。そう言えば、セバスチャン・コーは一万マイルで世界記録を作った後に、難なくオックスフォードに入学したのを思い出す。一芸に秀でれば入学できる学校というのは凄い。しかしデヴィッドはモーツァルトばかりか、フラン・マソンとユグノについても良く知っている。モーツァルトがオーストリアのフラン・マソン組織に属していたせいだ、とデヴィッドは言った。

「ロンドンには二百か三百万人のユグノの子孫がおり、彼等はフランス系の名を持っている。その他にもフランス名をイギリス風に変えたユグノもいる」

「フランス系のルロワ氏（フランス語の〝王様〟）がキング（王様）へ、デュボワ氏（フランス語の〝森〟）がウッド（森）へ変わったという話は聞いたことがある」

「ユグノの避難民を受け入れて発展したのはイギリスばかりではない。ドイツもそうだ。ベルリンには〝ユグノみたいに誠実な〟という言葉まで生まれた。これがアメリカに行くと〝ユグノみたいに金持ちで誠実な〟という言葉に変わったが」

「面白いな、僕がドイツにいるときに〝フランスの神様みたいに生きる〟なる表現があると聞いた。恐らくフランスの気候や食事や規制の少ない生活を羨んで言うのだろうが。だがアルザス出身のヒルデスハイム君は、それはアルザス地方のユダヤ系共同体で生まれた言葉だと言う。どちらが本当か、いや、どちらも本当なのかもしれない。アルザスは戦争ごとにドイツになったりフランスになったりしたからな」

「アメリカ大統領ではルーズベルト、ニクソン、フォード、何れにもユグノの家系が入っている。ユグノではないが、歴代のフラン・マソンにはモーツァルトばかりか、ヴォルテール、ゲーテ、チャーチル、そしてベンジャミン・フランクリン、ジョージ・ワシントンを始め、多くのアメリカ大統領がいる。アメリカはフリー・メーソンにより作られたと言ってもよい」

しかし今のイギリスやアメリカでは、フリー・メーソンは影響力を失いつつある。その原因は、両国では人種、宗教、文化により幾つもの共同体が発展し、国民は共同体ごとに分かれたまま共存するようになったからだろう。フリー・メーソンは友愛精神や非宗教の哲学に基いており、人種や宗教とは関係しないから、これらの共同体が発展すると逆比例的に衰退するのだろう。ドイツなどのプロテスタント伝統の国でもそうだ。フライマウラー（フラン・マソン）の集会は単なる意志伝達の手段となり、フランスみたいに政治や社会の一面を賑わすことはない。

そうは言ってもイギリスにはフランスの三倍、三〇万人のフリー・メーソンがおり、今でも警察、司法界、軍隊などの伝統的な白人社会で幅を利かせているらしいし、国会の委員会はフリー・メーソン会員の一覧表の公開を義務付けるように勧告したばかりだ。しかし会員が多すぎると秘密結社の意味がなく、影響力も薄まるように思われる。

それに対してフランスの共和国思想は、フラン・マソンの精神と一致する。フラン・マソンは人の尊厳、思想の自由、寛容を基本にし、友愛精神を説き、宗教の影響から離れ、社会の不正に反対し、左派でも右派でもよい。だからフランスではフラン・マソンの是非について熱情的な討論が続く。ただ最近は、フラン・マソンの秘教的な性格を攻撃する声が強くなりだした。秘密結社として神秘で覆われているのが問題で、しかもそれが今は欧州の組織にまで浸透し始めたからだ。

ヨーロッパ議会のイギリス議員が、ヨーロッパ議会の議員や官吏でフラン・マソンや他の秘密組織に属するものはそれを届け出るべきだ、と提案した。それに反対したのは勿論フランス人のフラン・マソン議員、しかも左派の議員である。普通は議会の役員は国籍や政党間での折衝で政治的に決まるが、それは透明で目に見えるからよい。ところがフラン・マソンは陰で紐を操り、決定を大きく左右していると言われる。しかもそれが目に見えない。ヨーロッパ議会の噂では議員の三分の一はフラン・マソンで、特に土建関係の指導部での影響力が強いらしい。

フラン・マソンはその歴史と神秘性から槍玉に上がり易いが、実は他にも幾つもの透明、不透明な結社がある。ある人によれば、農業団体や産業別圧力団体、オプス・デイ（スペインで生まれたキリスト教信徒の会）、オックスフォード・ケンブリッジ学閥などの影響の方が気がかりだそうだ。ロータリー・クラブやライオンズ・クラブだって、影でどんな網を張っているか判りはしない。

しかし僕は、先を見る目のあるギーの言葉を思い出す。

「いや、ケン、今やユダヤやプロテスタントやフラン・マソンの世界は終わった。これからは同性愛だ、ホモ、ゲイ、ペデ、呼び方はどうでもよい。役所でも、医薬業界でもホモがホモを昇進させ、団結し、組織力も素晴らしい。今では政治家も公然とホモ宣言して当選する。パリ市長を見よ、ベルリン市長もそうだ。その勢力たるや、もはや誰の目も誤魔化せないし、今や彼等も隠さない。ケン、君の回りの人間を見渡してみろ、彼等の一〇人に一人はホモなはずだ。人口の一〇%。だから彼等は潜在的に既に大きな結社なのだ」

「君の言によれば理想的には、ユダヤ系のホモで、オックスフォードかケンブリッジ卒、できればフラン・マソンに属することが成功への道だな。でも、孤立した日本人にすぎない僕は、これからどうしたらよいのだ?」

プリュ・サ・シャーンジュ

シャトレ広場のカフェにて。パリ一区と四区の境目

プリュ・サ・シャーンジュ（変わり変われど）という表現はイギリス語でもフランス語でも、次に続くべき表現〝相も変わらず〟を省略して用いられる。全体の意味は〝時は幾ら変わっても、人間のやることはいつも同じ〟。フランス王朝は革命で転覆されたが、革命分子は別の圧政を始め、それはナポレオンにより制圧され、ナポレオンは別の独裁を始めた。最近の歴史を振り返っても、フランスはナチの占領で苦しんだにも拘らず、ヴェトナムやアルジェリアではナチと同じ様な占領政策を続けようとした。そんな現象はイギリス語でなら揶揄を込めて〝回転木馬〟と呼んでもよかろう。しかしそうすると、歴史に裏付けられたフランス語の皮肉な雰囲気が壊れてしまう。だからイギリス語ではフランス語をそのまま輸入して使うようになった。イギリスにはフェア・プレーの精神、

ドイツには総意を尊ぶ伝統があり、そんな精神や伝統が上の者に自制心を促す。フランスでは上の者と下の者がお互いに相手の骨をしゃぶるまで闘争し、ある妥協点で落ち着く。しかし権力は上の者にあるので、行き過ぎが多く、それを阻止するには路上での暴動しかない。そして勝った側はまた同じ行き過ぎを繰り返す。時は変わっても、歴史は繰り返す訳だ。

僕は裁判所を出た後に、よくここで窒息感を発散させる。〝シャトレ広場〟なる呼称はエミリー・デュ・シャトレ夫人とは関係がない。しかしこの近くに彼女が通っていたカフェ・グラドがあったはずだ、ケー・デ・ゼコールという通りに沿って。ただ、この通りは歴史の波に洗われ、パリの地図から消えてしまった。何しろ一八世紀始めの話だから。

デュ・シャトレ夫人は貴族の生まれだが、社交場より数学者達との会話を好んだ。夫が戦場へ送られている間に、時の大数学者の二人を次々と愛人として数学を学んだ。そして見知らぬ人と話す機会を求めてカフェ・グラドへ通った。そのカフェは女人禁止だったので彼女は男装し、周りの会話に耳を傾け、会話をしかけた。科学者に重要なのは情報だ。一方で、作家達はこのカフェに入ると雑音の中にまぎれこみ、聞き耳を立て、客の表現法を分析し、脳裏に刻みこみ、家へ持ち帰った。また哲学者達は、静かに周りを観察し、カフェの客を通して人間を、態度を、人生を分析した。カフェでの会話は人々の心を軽くし、物を書くときの身構えや煩わしさから開放し、体裁より本能を優先し、しかもコーヒーのカフェインはそのために心を解放するのに役立った。

そして一七三三年、デュ・シャトレ夫人は、サン・ピエール公爵夫人の家で宿命のヴォルテールに巡り合い、彼の愛人となった。

ヴォルテールは、ニュートンの没する一七二七年、イギリスに亡命中だったので、そこでニュートンの思想に触れ、また彼の臨床時の医者と外科医にも会った。

「ニュートンは八四歳の長い生涯を独身で過ごし、熱情も弱さも示さず、一人の女性にも近づかなかった」

ヴォルテールは医者達から聞いたニュートンの生涯に感嘆し、更に一言付け加えた。

「だからと言って、デカルトを非難することはできないが……」

デカルトはニュートンの幼少時代の一六五〇年に没したが、彼の女遊びの噂は、まだ生まれていなかったヴォルテールにまで伝わっていたらしい。

イギリス人は紅茶一辺倒の珍しい人種だと僕は思っていたが、一七、一八世紀にはカフェがイギリスを支配していたらしい。しかもイギリス人は一時インドでコーヒーの栽培を試み、手を焼いて諦めた歴史がある。

イギリスのカフェ文化は情報交換と自由主義、そして商業的で、科学の発展に繋がり、科学者専門のカフェも現れた。ニュートンは英国学士院の科学者の集まるカフェに通った。カフェの中で実験や講演もなされ、ニュートンはヘイリー等と共にイルカの解剖まで行った。一六六五年頃から、ニュートンは万有引力のことを頭に浮かべ始めた。しかし万有引力はニュートンがある日突然に発見したものではない。コペルニクスの地動説から始まり、ヨーロッパのある所で考えが生まれると、噂や情報がヨーロッパの中を流れ、他所で別の学者がその考えを発展させた。カフェでは科学者達はガリ版で流される発表に目を配り、常に隣の人の会話に耳を傾けたに違いない。

啓蒙の世紀は科学者は哲学者でもあり、その発端は、一六世紀のポーランドに辿れる。一五四三年、コペルニクスは亡くなる直前に地動説を公開した。ただ当時はヨーロッパにはまだカフェはなく、情報の伝達は遅かったに違いない。コペルニクスの死の一〇年後にイタリアにガリレイが生まれ、一六一五年に慣性の法則を発見し、その前後にドイツではケプラーが万有引力の考えを芽生えさせ、ガリレイの没する年にニュートンはイギリスで産声を上げた。ニュートンがケンブリッジ大学を卒業した一六六五年、ケンブリッジでペストが流行り、彼は二年間田舎に引っ込んだ。伝説では、ニュートンはその時期に果樹園で林檎の落ちるのを見て万有引力の示唆を得たという。一六七二から七四年頃、数年先輩のフックも万有引力の思想を述べ、二物体の間に働く引力は両物体間の距離の二乗に逆比例することを報告し、ニュートンに万有引力論を数理的に展開するように促した。一六八五年、ニュートンは著作『プリンキピア』で万有引力を定義した。そんな歴史から、ニュートンはフックの考えを盗んだ、とも噂された。実に、天体の情報は一〇〇年そこそこの間にポーランドからイタリアへ、そこからドイツへ、イギリスへ、と年速二五キロメートル位で移動したことになる。

　聖書の詩編九三によると「世界は固く据えられ、決して揺らぐことはない」。これが天動説なら、聖書は科学的な現実に合わなくなり、聖書の注釈学者はそれを変更せざるを得なくなったはずだ。

　フックはニュートンにヒントを与えたばかりではなく、別の功績を持っている。彼はいち早く情報の重要さを認識し、いろんな文献や噂から情報を得ると、他の研究者へ伝え、役立たせた。僕はフックは知能サーヴィス業の創立者だと思う。例えばこんな歴史がある。フランスの新教徒パパンは、ピストンを持ち上げるのに爆薬の代りに蒸気力を利用することを考えたが、新教徒の自由を保証するナント勅令が撤回されたのでフランスを逃れ、ドイツに入り、マルクブルグ大学で教えた。彼は一六八七年には蒸気船まで作ったが、嫉妬する船業者に破壊され、イギリスへ渡り、そこで歴史から消えた。後年、フックはパパンの研究を掘りおこし、それを二人の技術者へ伝えた。彼等はその情報を基に蒸気ポンプを作った。一七一二年のことだ。それから約五〇年、ワットはピストンの平行運動を回転運動へ転換し、蒸気機械を製造した。それは一八世紀末の家庭産業を工場生産へ転換して産業革命を誘発し、紡織機の発明、一九世紀始めにはスティーヴンソンの蒸気機関車の発明へと繋がった。

　フランスはナント勅令撤回の愚行で新教徒を国外へ追いやり、それと共に彼等の自由思想や頭脳や勤労精神を失った。かくして、フランスはイギリスに比べて産業革命に乗り遅れ、王制を近代化できず、ついにはフランス革命に到り、革命は王制のみか残りの頭脳までギロチンにかけることになった。少数の新教徒だけはフランスにひそかに残り、彼等は今のフランスの重要な指導層を形成している。

そのことを考えると、一七世紀の新教徒エキソダス（国外脱出）でフランスが失ったものの大きさが測り知れる。
ヴォルテールはイギリス亡命中にニュートンの思想に接し、一七三三年にはデュ・シャトレ夫人と知り合い、一緒にニュートン哲学に関する本を出版した。更に一七四五年、デュ・シャトレ夫人はニュートンのラテン語著作『プリンキピア』の翻訳に着手した。それはラテン語からフランス語への単純な翻訳ではなく、近寄りがたいニュートン幾何学を代数で説明し、自分の注釈を付け加え、宇宙体系に関する問題点の分析まで行った。その頃の常識では、ある物体の力はその質量と速度の積に等しいとされていたが、デュ・シャトレ夫人は、力は速度の二乗と質量との積に等しい、と主張した。つまり――

F＝m・V²

この式は何かを思い出させる。そう、世界一有名なアインシュタインの式、彼が一九〇五年に発表したエネルギーに関する式――

E＝m・c²

を彷彿させる。アインシュタイン式の左辺のエネルギー（E）は、デュ・シャトレ式の左辺の力（F）に距離を掛けた積に等しいし、アインシュタイン式の右辺、つまり質量を光速度（c）の二乗と掛けた積は、デュ・シャトレ式の右辺、つまり質量を速度（V）の二乗と掛けた積に相当する。一八世紀半ばのデュ・シャトレ夫人の考えを継ぎ、数学者ポワンカレは相対性原理を示唆し、それは一九〇五年のアインシュタインの相対性理論式への橋渡しとなった。

誰もが、時間は不変で、万物に対して平等に経過する、と考えていた。そんな時代にアインシュタインは、不変なのは時間ではなく光の速度だ、と考えた。それが、ただそれだけが鍵となったのだ。光速度が不変であることは、理論的には、何者も光より早くは動けないことを意味するらしい。誰かが実験で証明した訳ではないが。

一九世紀までの考えでは、宇宙の空間はエーテルと呼ばれる物質で満たされ、光や電磁波はそれを媒体として伝わった、ちょうど波が水中を渡るように。地球も、太陽を公転するときはエーテル中を動くことになる。もしそうなら、エーテルのせいで、光の速度は地球の公転方向と他の方向で異なってくるはずだ。ところがマイケルソンとモーレイの測定では、光の速度は地球の動きとは関係なく、毎秒三〇万キロメートルで一定であった。

このことは、地球が回転するとエーテルにより収縮され、時の進みが遅くなり、光速度は方向によらず同じになると考えてもよいが、一方ではエーテルが宇宙を充たすという考えを放棄してもよい。アインシュタインは後者を採った。空間にエーテルは存在しない。だから光速度は観察者が動くかどうかとは関係なく、一定となる。その代わりに、時計が測り取る〝時〟は測る人の立場により変わり、普遍的な時間というものはない。アインシュタインは光に乗って旅行することを考えた。僕も一二時に東京駅から、新幹線の代わりに光に乗ってみた。光は一秒に三〇万キロメートルの速さで動くから、東京から三〇万キロメートル離れた場所に着くには一秒かかる。一二時一秒。ところが、東京駅の時計の光が僕の移動場所に到達するのにも一秒かかるから、三〇万キロメートル離れた場所から東京駅の時計を見ると、一二時から進んでいないことになる。アインシュタインによれば、僕は光の速度で旅行している限りは年を取らないはずだ。

僕は浦島太郎の話を思い出した。七世紀後半の中国の話。太郎は亀の背に乗って龍宮城へ旅行し、そこに長いこと滞在し、昔の村に帰ってみると、村人はみな年をとっていたが、太郎だけが若い昔のままだった。もし龍宮城までの旅行を光速度での宇宙旅行と考えれば、太郎が年を取らなかったのは本当だ。僕が何年もかけて光に乗った宇宙旅行のあと地球に戻れば、旅行に出発したときから年を取っていないはずだ。だが、地球に戻り次第、ちょうど太郎が玉手箱を開けた時のように、急に老けるに違いない。七世紀の人も、時の経過は個人の動きにより異なることを想像し、しかもその〃時〃を旅の移動と組み合わせて考えたと言える。ただ、当時の人間が考えられなかった鍵は、亀が龍宮城へ泳ぐときの速度だった。

今やカフェは情報交換の機能を失い、インターネットがカフェに取って代わった。昔の為政者はカフェに情報網を張り、民衆を圧迫する手段としても使ったが、今では逆に、我々はカフェで会合し、ロビーイングの計画を練り、為政者へ圧力を掛ける。為政者は票を得るためにその圧力を受け入れる。そうだ、将来はロビーイングだ。二〇一二年のオリンピック開催地でロンドンとパリが争った。パリ側は最初から最有力候補と自認し、有名な監督に頼んで美しいパリ紹介映画を作った。ロンドン側は首相が、影で開催地決定委員会の委員達を訪問したり招待したりして〃ロビーイング〃し、最後の土壇場でロンドンが勝った。ロビーイングの勝利と言える。ロビーイングと言えばハイカラだが、どうってことはない、日本では大昔からやってきた根回しではないか。

カフェのボーイはまだ来ない。あちこちのテーブルを渡り歩くボーイに合図しても、彼は知らん顔をしている。僕のテーブルは彼の担当ではないからだろう。

一つ気になることがある。光速度と同じ毎秒三〇万キロメートルの速さで飛ぶロケットに乗って地球を離れたとしよう。光速度で動く限り、例えば一〇秒後でも、地上の時計に比べて時間が経っていないから、ロケット搭乗者は年も取らない。しかし、搭乗者はロケットの中で一〇秒を過ごした点には変わりないから、地上にいる者に比べてその分だけ余計に心臓は鼓動し、細胞の新陳代謝もあったはずだ。それなのに、ロケットで動く者には、地上で生きる者に比べて時が経っていないということになる。そんなことはあり得るのか。ひょっとすると、〝時間〟と一言で定義するのは間違いで、〝物理上〟の時間と〝生理上〟の時間を区別せねばならないのかもしれない。

最近の新聞によると、フランスのカフェの四軒に一軒は非申告で人を採用し、従業人の一〇人に一人は不法労働者らしい。カフェはボーイを一人でも雇うと最低賃金法により月給は少なくとも二三万円を払わねばならず、更には彼の社会保障のためにほぼ同額の税金を国へ納める。だから、カフェの店長として最も賢い対処法は、なるべくボーイを雇わないことだ。しかも週の労働時間は三五時間に過ぎないから、カフェは数少ないボーイ達をこき使うし、ボーイは時間がないからお客になんか構っておれない。ボーイはお客を無視し、サーヴィスは悪くても早くすればするほど、個人当たりの労働生産性が上がる。かくしてフランスは、サーヴィスでは世界で最悪だが、労働者一人当たりの労働生産性では世界で一番高い国となった。

ラ・ファム・エ・ラヴニール・ドゥ・ローム

ハッピーアワーのカフェにて。ポエシ通り、パリ八区

男の未来、それは女性。女性は男の魂の色だ。
これはアラゴンの謳った詩だが、僕の詩はもっと現実的だ。
男がマンで女がウーマン、
マンがウーム（子宮）を持つと
ウーム・マン（女）となる。
しかし女性が男の将来を保証するという認識では、僕もアラゴンに負けまい。

一月の始め、今日から冬の安売りの六週間が始まる。フランスは日本みたいに優柔不断ではない。安売り（ソルド）と名の付く売り出しは冬に一回と夏に一回しかやってはならず、しかも昨日まで店頭に置いていた製品を急に三〇％とか七〇％とか安くして売るのが規則である。従って、安売り中だけ中国製安物で置き換えたりしてはならず、抜き打ち検査があり、違反店には高い罰金が科されることになっている。実際にそんな検査が真面目になされているかどうかは疑問だが、何れにしろ消費者団体が見張っている。しかし、このような融通の効かないフランスの制度に対しては、必ず抜け道が考え出される。例えば〝安売り〟という言葉を使わずに〝割引〟とか〝販売促進〟と呼ぶことにすれば、一年中のどの季節にやっても法を破ることにはならない。

その安売りの初日には僕の事務所では女性達の眼の色がかわり、会話がはずみ、その分だけ仕事が捗《はかど》らない。しかしこれは僕の事務所だけの現象ではなく、パリのあらゆる事務所や会社の女性間に波及する。

近くのイギリス系の会社で働くヘレンが、今日は安売りの買い物で疲れたから家で食事を作りたくない、近くで一緒に一杯飲まないか、と電話して来た。約束の場所はシャンゼリゼ唯一の百貨店〝モノプリ〟の口紅売り場。そこで落ち合い、ボエシ通りへ入り、左側のカフェに入った。カフェというよりパブかもしれない。〝ハッピー・アワー〟と掲示され、何もかも半額、これも安売りだ。ただし七時から八時半までと決まっている。確かにビールの半リットルが四ユーロ（六〇〇円）だから、これは安い。

ヘレンはドイツ南部の〝黒い森〟出身の女性で、パリに長く住んでいる。マルレーヌ・ディートリッヒが他界するまで住んでいた建物の近くで働いていたことが自慢だ。そもそも僕が彼女を知ったのは、セーヌ河の船の予約を電話したときだ。彼女が片言の日本語で答えてきたのだ。彼女は三度も日本へ旅行したそうで、僕のフランス語の訛りですぐに日本人と判ったらしい。

ヘレンは、パブで急に、どうも自分は半分レスビアンかもしれない、と言い出した。ある展覧会で男になり損なったような女性に言い寄られ、それ以来その女性を忘れられなくなったのだそうだ。

「正直言って、自分にチャンとした性的な方向があるのかどうか、確かではなくなったの。でも、セックスをするときの好みとしては、女性が相手の方がよいような気がするわ」

「半分レスビアンと言うけど、僕に電話して来る位だから、男にも興味はあるんだろう」

僕は多分に白けた気分をたて直し、大らかに笑みを浮かべた。

「フフ、私、ストレスがあるときは今日のように買い物をするか、誰かへ電話するのよ。家にいるときならシャワーでも浴びるのが一番だけど」

「僕ならストレス解消には、スポーツをやるかビールを飲むけど」

「自分のことよく判らないけど、私、今で言うメトロ・セクシュアルかも」

「メトロ・セクシュアル！」

「知らない？　教養があり、市民性のある独身者のことよ、フフ。女性ならシャロン・ストーン、ジュリア・ロバーツ。男なら、そうね、地中海クラブに参加し、体を焼き、筋肉をつけ、体に誇りをもっているけど、必ずしもホモ・セクシュアルではない人。そうね、デヴィッド・ベッカムみたいな人」

「日本人なら三島由紀夫かな？　彼なんか五〇年前より今の時流に合ったのにな」

確かにヘレンにはレスビアンの気がある。いつも自分の体と姿、他人が自分をどのように見るかということに、心をくだいているからだ。

「つい何日か前、ジョージ・クルーニーを見に行ったの、シャンゼリゼのネスカフェの開店に来るというので。ところが代わりにシャロン・ストーンが来たの。同じことじゃないわね。クルーニーは何と言ってもユーバー・セクシュアルだもの」

ヘレンみたいな人を〝ナウな〟というのだろう。辞書にない言葉がドンドンと出てくる。〝ユーバー〟という言葉は昔のナチスが使った標語〝ドイッチュランド・ユーバー・アーレス〟（ドイツ、万物の上に君臨す）を思い出させる。ドイツ語だからヘレンの作った新語かと思った。が、実は今の若者の世界語であり、優雅、紳士、貴族の風情を持つ人を言うらしい。クラーク・ゲーブルやケーリー・グラントみたいな。

僕は日本の女性解放運動では戦後の奥むめおの名ぐらいしか知らないが、フランスではこの運動は一八世紀のフランス革命から続いている。

オラーンプ・ド・グージュは、フランス革命で宣言された「人権と市民権の宣言」が男性形を使うのに対抗して、女性形に変えた「女権と女性市民権の宣言」を作成し、結婚の廃止や離婚制度や同棲契約を主張し、女性は死刑台に上る権利を持つのだから、演壇に上る権利も持つべきだと主張した。ルイ一六世のギロチンに反対したが、ついには彼女自身がギロチンにかけられた。

ジョルジュ・サンドはグージュ夫人がギロチン台に消えて約一〇年後に生まれた。男の名前で新聞に書き始め、男装して男専用の場所に出入りし、多くの愛人を作った。しかし彼女の目的は男になることではなく、典型的な女性の姿に対して戦い、男と同じ自由を求めた。しかし彼女は男を愛し、然るべきときには女装で現れた。彼女の人生の後半には写真機が発明され、彼女は長い馬面をしていたことが判るが、どうしてミュッセやバルザックやショパンなどに好かれたのか。シェフェール・ルナン家の博物館に保存されている彼女の髪の毛は東洋人みたいに黒かった。

シモーヌ・ボーヴォアールは、ジョルジュ・サンドの死の約三〇年後に生まれた。彼女が言うところでは、女性は女性として生まれるのでなく、そのようになるものである。『第二の性』を著した彼女は、サルトルの影に生きるうちに、アメリカ人作家と愛に落ち、シカゴに住んだことがある。彼女は手袋を集める趣味の他に、浴室の戸を閉めないという変な習性があったらしく、最近になって、アメリカ作家の友人が彼女の全裸写真さえ撮っていたことが判った。今の映画スターを思わせる。

テレヴィで放映された伝記では、サン・ジェルマン・デ・プレのカフェ・フロールで、彼女は、既に夢を共有しなくなっていたサルトルと、子供を欲しがるアメリカ人の愛人の間に座っている。そこに有名紙の写真家が現れ、アメリカ人愛人に、二人から少し離れるように依頼する。サルトルとボーヴォアールだけの写真を撮るためだ。愛人は怒って席を立った。ボーヴォアールは彼を追おうかと躊躊躇したが、結局はサルトルに体を寄せ、二人だけの写真のためにポーズを取った。自分の築いた名声と、異国人との愛の間の選択を迫られ、結局は前者を選んだのだ。時の精神（ツアイト・ガイスト）も変わった。現代では名声は作るのではなく、作られるものだ、マスコミによって。

女性が男に勝る証拠は目を覆いたくなるほど多い。どの国でも女性の方が長生きする。男は七〇歳になると心臓の力は若いときの七〇から七五％に弱まるが、女性のそれは変わらない。ヨーロッパでは女性は男性より眼鏡を多く使うが、これは遺伝的な劣勢とは言えず、女性の方が勉強するし本もよく読むからだ。女は男より一〇センチ背が低く、その分だけ本を近づけて読むせいらしい。学習年数も女性は一九年を越え、男性より〇・四年は長い。ヨーロッパの大学では（スイスを除いて）女性が過半数を占める。特に先進国の特徴で、スエーデンやアメリカでの大学進学者では、女性が男性より五〇％も多い。日本ではまだ女性は男性より一〇％少ないが。

学校では女性は男より勿論成績がよい。特定の問題を取り扱うのに男は脳の片側しか使わないのに、女性は両側を使うかららしい。僕が高校のとき、成績一番の女性が僕の志望大学を受験せず、女子大学を選んだときには、何と自分を愚かに感じ、また安心したことか。

子宮の中で成長する胎児の体は、あらかじめ女性であり、ただ、男性への道を決める遺伝子があるときだけに男性へ変わる。この遺伝子が卵巣になる予定の再生用組織を脱線させて、睾丸に転換してしまうからだ。妊娠八週目までは胎児の脳は女性の脳と同じだが、脳も他の体の部分もテストステロン（男性ホルモン）が出現したら男性になるらしい。

男では、女性の持つ二つのX染色体の一つがY染色体で置き換えられている。両染色体は、昔は自発性の同じ染色体だったが、三億か四億年前に役割を分化し始めたらしい。X染色体は脳に関連するたくさんの遺伝子を含むが、男はそれを一つしか持たない。だから女性が格好の良い男を望むときは、男はその望みを満たすために割に簡単に進化できる。逆に女性は二個のX染色体を持つから、男が綺麗な女性を望んだとしても、男の進化速度の半分でしか進化できない。つまり、男は女の好みに合うように作り変えられる。しかも男の別の染色体Yは人が進化するに従ってX染色体より小さくなっており、数千万年後には消えてなくなるか、あるいは少数の遺伝子でもうまく機能するように変化せざるを得ない。Y染色体は他の染色体のように対になっていないから、対の相手と遺伝子を交換したり再編成したりはできない。だからY染色体は自発的に変態せねばならない、ちょうど性染色体がXとYに分化したときのように。女が男を翻弄するのはこれから二億年続くはずだ、人間が地上から消滅するまで。気候や地質の変化を考えると、人類はそのときまでには、より適応性のある動物に取り代わられるようだ。

我々のホモ・サピエンスが四万年前にアフリカに現れて、ヨーロッパの先住民ネアンデルタールに代わって生き延びたのは、男が大きな狩を分担し、女は小さな狩や衣住に分業する知恵を持っていたからだ、と言われる。

ところが、社会の階段を上に登るほどに女性の数が少なくなるのはどうしてだろう。フランスの大学では学部時代には女性の方が多いのに、修士課程になると男女ほぼ同じ割合になり、教授になると圧倒的に男性が多い。フランスにある八五の大学のうち、女性学長はたったの八人しかいない（二〇〇四年）。

フランスでは裁判官も弁護士も女性が七〇％を越し、若い世代の医者も過半数は女性となった。それなのに、各界での第一人者は今でも男だ。国際会議でも、女性の参加数は普通は一〇％を越さないし、演壇に立つ女性となると更に少なくなる。国際会議で、仕事の旦那に同伴する女性のための〝レディーズ・プログラム〟はあっても〝ジェントルメンズ・プログラム〟なんてものはない。

政治の世界も女性が少ない。国会での女性議員の割合は北欧では四〇％前後、ドイツは約三〇％、イギリスは約二〇％だが、女性解放運動の盛んなフランスやアメリカでは一五％に満たず、日本は更に下回り七％（二〇〇五年）にすぎない。

フランスの地方選挙では最低限の女性割合を法律で規制する。南欧の国々はそんな無茶ができるフランスに感嘆する。北欧の国々は法に頼らずに男女同数をほぼ実現できるから、フランス的〝トップダウン方式〟を皮肉な笑いで見守ることになる。日本では、古い体質の国会議員に任せていると何もしてくれないから、身近かな地方選挙では女性による支援グループが幾つかでき、住民の声を聞いてくれそうな候補者を支援するようになった。しかしそんな女性グループが支援する候補者は往々にして男性だから、ヨーロッパのようにあらゆる分野で男女を同数にしようとする努力とは本質的に異なる。

アメリカとイギリスの特異点は、女性が政界に少ない割には官界や実業界の指導者には多いことで、それぞれ四五％と三〇％を占める。しかし実業界の役員では、女性の進出の目覚しい北欧でさえ、女性は一五〜二〇％に過ぎず、英独仏では六〜七％、シンガポールや香港では約五％だが、日本では一％に満たない。経済界の遅れに業を煮やしたノルウエーは、公営企業の指導層の少なくとも四〇％は女性であるべし、という法を通した。株公開企業の女性指導者に関しては、日本は一・四％で、中国の六％、韓国の四・五％、印度の二％に比べても低い。ある統計によると、指導層に女性の多い会社は逆の会社より成績がいいらしい。女性が男性と同じ立場で働くようになれば国民総生産は上がるし、成長率も上がるだろうに。

ヨーロッパの女性は心理学と精神療法医の分野では男性を圧倒するようになったが、経済学の分野では女性専門家はまだほとんどおらず、消防隊にも女性がいない。男性は教会の神父や牧師を独占するが、これは神の意志がよく伝わっていないせいだろう、女性の方が不幸な人への気配りが繊細で、憐憫の情も深いだろうのに。寿司職人も男が独占している。女の手の温度が寿司握りには低すぎるかららしい。でも本当にそうだろうか。もしそれだけのことなら、解決法は山とあろう。

ヨーロッパの女性は男性と同じ様に行動しようと努力するあまり、女性の特典を犠牲にする。日本の女性は大学への進学割合が男性より少ない点、主婦専業になる女性の多い点ではドイツに似ているが、化粧品をたくさん使う点、女性議員が少ない点ではフランスに似ている。日本の女性はヨーロッパの女性ほど権力欲がないような印象を与え、また〝女性の特異性〟に重きを置くようにも思われる。日本の女性が男性から独立し難いのは、洗濯や子守りや炊事などの仕事が多く、それらには給料が払われていないからだ。今後はそのような家事にも最低賃金を払い、年金制度に加入させるようにしよう。ヨーロッパでは売春婦さえ税金を払い、年金を要求する時代になったのに。僕の家ではフィリピンの女性を家事用に雇用しているが、小切手で簡単に給料と雇用税を払えるようになっている。更に女性の知性を利用するには、保育園をたくさん作り、女性を一日中の子守の生活から解放せねばなるまい。

実際には男性は開拓業、つまりこの世界化時代では経済や市場開拓に向いている。女性には家政の代わりに国政をやって貰うことにしよう。国政は家政を少し大きくしたものに過ぎないからだ。そうしたら政治家の質も上がるだろう。

ヨーロッパの女性は男を前にすると、いつもよりも笑い声を出す。ヨーロッパの男性は女を前にすると、いつもより冗談を頻発し、笑うときは声を落とすようになるそうだ。ヘレンによると、僕もヨーロッパの男性に近い、心理的な態度の変化を示すそうだ。

ただ僕は言葉の不自由なせいで、女友達ができても話し続けるのが面倒になり、冗談の種を探す代わりに腕相撲を挑む、という変な習性を作り上げた。ドイツとベルギーとスロヴァキアの女性にはどうしても勝てなかった。フランスの女性とは引き分けになったが、どうも彼女が外交的に、途中から力を緩めたようなところがある。彼女達は僕と同じ体格だし、掌は大きく、指は僕より長く、声帯も太い。

ヨーロッパの女性から見ると、僕みたいな日本の男はあまり性を感じさせないようだ。小さい頃から父親不在の家庭で育ったから、永遠に子供として残り、よくても無性世代の若者で成長が止まったのだろう。つまり、男として取るべき態度、そのノウハウみたいなものが、先祖の父親から子孫の息子へ伝わっていないのである。ヨーロッパでは避妊薬が使用されるようになって女性の立場は大幅に改善された。その使用が合法化されたのはフランスでは一九六六年だが、日本では三三年後の一九九九年にすぎない。日本の男性があまりに無性的なので、日本の女性が避妊薬の必要を感ぜず、女性自身の態度も曖昧だったのかもしれない。何しろ、日本の男性たちが社会や会社や政府から期待されることをやらされている間に、女性は好きなことがやれたのだから。

脳の視床下部はリビドを活性化する。〝アンドロスタジェノン〟なる化学物質は男性の汗の中にある〝テストステロン〟の一種で、女性の視床下部はそれを嗅ぐと活性化するが、男性のそれは活性化しない。反対に〝エストラテトラエノール〟は女性の尿の中にある〝オエストロジェン〟の一種で、その臭いは男性の視床下部に作用するが、女性のそれには作用しない。体臭は特定の免疫系により発散されるが、女性はその臭いを嗅ぐことにより、自分の免疫系から最も遠い系から発散される臭いを持つ男に魅力を感じるそうだ。

ところが僕にはヨーロッパ男みたいな体臭がない。

人間は生物的には二つの性しかないが、性格的・エネルギー的には三つの性に分けてもよい。第一の性はヨーロッパ・アフリカの男で、第二の性は東洋の女。第三の性は両者の中間の、ヨーロッパ・アフリカの女と、東洋の男だ。

僕はヨーロッパに住みだして、自分の曖昧な第三の性を何度も感じさせられた。パリの道路の人だかりの中に立って、ある電気屋の店内で放映されているサッカーでジダンとマテラッチを見ている間に、後ろから体を押し付けてきた逞しい若者。スイスのホテルで隣の部屋に泊まった中年男が金製の貨幣をくれ、翌日の朝食を湖畔ですることを約束させられたとき。チュービンゲンの公園の公衆便所で隣り合って尿をだしながら、僕に見入って離れなかった老年の男。

日本の男性にはヨーロッパの女性と同じく、ヨーロッパの男性からの解放運動が必要だ。世界はヨーロッパ系の男性に牛耳られ過ぎている、科学、文化、芸術、どの分野でも。知能試験を実施すれば、東洋の男性はいつも彼等より上なのに。

ツアイトガイスト

ムッシュー・ル・プランス通りのカフェにて。パリ五区

時代の思潮が変わったときに、英米ではドイツ語を借用し、〝ツアイトガイスト〟が変わったと言うらしい。僕はインド人のアルンとアフリカ人のソフィアンと一緒に、カフェを探し回りながらこの通りに入り込んだ。一九世紀末、妻子持ちの詩人ヴェルレーヌがランボーと同性愛に陥り、この辺のカフェを彷徨し、アブサン酒で酔い痴れた。ついにヴェルレーヌは家庭を捨ててパリから逃げだし、ロンドンでランボーと同棲し、貧困の中にも互いに豊かな創作を残した。しかしヴェルレーヌは妻への思いとランボーとの関係で苦しみ、ブラッセルへ向かった。そしてそこへランボーを呼び寄せ、彼に銃を向け、引金を引いた。文学界のスキャンダル。だから、パリ五区のこの界隈はヴェルレーヌが自分の同性愛の正体を発見した場所だ。周りの建物はその時と変わっていないが、時代

精神は決定的に変わった。今やこの通りは中国人経営の寿司屋が一軒置きぐらいに並び、カフェを見つけるのも難しい。僕はかつての時代と現在の間に横たわる百年の経過に思いをはせた。ツァイトガイストなる言葉の響きは、そんな時代の移ろいをバッハのフーガのように伝えてくれる。英米でこのドイツ語を使うのは、時が逃げるときのドイツ語の響きを壊したくないからだろう。

今にして思うと、僕は小さな研究室で、二人の回教徒（モスレム）に囲まれて働いていたことになる、アルンとソフィアン。当時の回教徒は平和だった。僕は自問してみた、今でも昔と同じ平穏で無邪気な気持ちで彼等と一緒に働けるだろうか、と。この二〇年の間に何かが回教徒を絶望させ、彼らを過激な行動へ追いやってしまったからだ。「何か」とは、キリスト清教徒の〝鬼征伐精神〟に違いない。ペルシャ湾岸戦争、パレスティナ問題、アフガニスタン。一〇九五年に始まった十字軍の回教徒征伐が現代でも続いている。ヨーロッパでは回教徒の髭や頭巾とすれ違うと、人々は懐疑の視線を逸らして急に口をつぐむ。寛大な人であっても、彼等にやってあげられることは慇懃に無視してあげることぐらいだ。

フランスはパリ近郊に大きな国立科学研究所を建てたが、研究者が足りずに外国から大量の研究者を輸入した。もしフランス人であったなら、例え大学教育は受けていなくても、旧植民地研究者用の博士号を一年で取り、そのまま研究室長にもなれた。まるでフランス革命の混沌と粗野さを想像させる時代だった。その時は別の革命、一九六八年五月の学生騒動からそんなに日は経っていなかった。この時からの生き残り、永遠の左派系若者達は、ソワサント・ユイタール（六八年組）と呼ばれる。アルンもソフィアンも僕も乗り遅れの六八年組だった。

アルンはアメリカのエム・アイ・ティーから引き抜かれて来た博士で、休暇にはよくイギリスへ渡った。彼はバングラデッシュ系なので、ロンドン近郊の同郷者仲間達の中に溶け込むのが一つの健康法だったらしい。イギリスの回教徒は殆どがパキスタン系とバングラデッシュ系なのだ。ソフィアンは色白で外観ではフランス人と変わらず、控えめで、他人が黙ったときにしか口を開かなかった。彼が実はチュニジア人であることを知ったのはずっと後のことだった。フランスの回教徒には、彼のように北アフリカ系が多い。僕等三人は博士論文の親父、息子、孫の関係で、アルンの下で僕が博士号を取り、僕の下でソフィアンが博士号を取った。しかし三人とも年はそう変わらなかった。外国人の三人がフランス語で交流するのでよく誤解が起こり、もどかしく、ときには喧嘩腰になった。そのときにソフィアンがそそくさと仲介した。彼はフランス人とは付き合わないが、フランス人の代りをする。その辺に複雑な背景が感じられた。

ソフィアンは熱烈な回教徒であり、故国チュニジアでは行動的な左翼運動者であったらしい。回教徒は僕の知る限りみな熱烈な信者だ。一九五六年、チュニジアはブルギバ大統領の下でフランスから独立し、若者は満足していてもよいはずだった。しかしソフィアンはそうでなく、学生運動で牢屋に入れられたらしい。ソフィアンが釈放されたのは父親が国宝的な回教の哲学者だったからだ、と僕はマルチンヌから聞いていた。マルチンヌはソフィアンに気があったが無視されたフランス女性だ。ソフィアンはラマダンの季節になると日の出から日の入りまで、日照時間には何も口に入れないので、いつも青い顔をして研究所に現れ、運動量を極度に減らした。雨で太陽が見えない日もそうだから、回教徒は天気予報による日照時間には注意せねばなるまい。実際は導師（イマム）が予めその時間を信者へ予告するらしい。

そのうちに僕はドイツの大学に就職し、交信が絶えた。数年後に僕がパリに戻り、そこで就職したときにはソフィアンはおらず、アルンだけが一人だけの研究室の室長として働いていた。僕はソフィアンのチュニジアの実家へ手紙を出した。二年くらいたってソフィアンからメールが送られてきた。ニューヨーク・タイムズ紙の記事が添付され、そこにはソフィアンの名前が大きく出ていた。

「同封のように、煙草の習慣を絶つためのワクチンを開発している。今度パリに立ち寄る。君さえ都合がつけばそのときにアルンも一緒に会おう」

「君は今どこに住んでいるのか。ニューヨークでは一体何をしているのだ」

思い出したが、ソフィアンの話にはいつも何か欠けていた。僕はそれを後進国症候群と呼んだが、ソフィアンは別に怒らなかった。何処かに真実性があったからだろう。

「いや、ワシントン郊外のアレキサンドリアにある研究室で働いている」

僕は驚いた。

「あの君が？　君の昔の話では、イスラエルと共謀し中東に五一番目の州を作ろうとしていたアメリカで？　アメリカを憎むか神を拝むかのどちらかだった君が！　君の左派の理想や、商業主義への嫌悪からみて、アメリカは君が住むことのできる最後の国じゃないか。いや、不可能だ、君の顔をアメリカと並べて見るのは。君は何か企んでいるのじゃないか？」

「ケン、聞けよ、アメリカにもよいところがあるのだ。チュニジアでは僕は小さい頃からフランス共和国の国是を教え込まれた。僕はアラブ人なのにフランス語を話させられた。小学校では先祖のゴール人は青い目を持つ、なんて教え込まれたのだ」

「それは言い訳だ、ソフィアン。誰だってそんなことは嘘だと知っている。ランボーは自分の遺産はゴール人の青い目と的を外れた闘争心だ、なんて言ったが、フランス的自己陶酔に過ぎない。実際には青い目のフランス人は一〇人に一人もいやしない。しかしソフィアン、君の闘争心がいつも少し的を外れている点は非常にフランス的とは思わないか」

「第二次大戦後はアラブ諸国でも左派運動が活発だったが、それも七〇年代に尻すぼみになった。そこで僕はパリに来た。しかしパリでは、僕のアラブ系の名前では家も借りられないし、博士になっても仕事はない。だからアメリカに来たのだ。覚えているか、糖合成専門のエル・カデール教授。彼は同じアラブのエジプト系のアメリカ人だから、彼に手紙を出し、アメリカに職を紹介して貰った。住み心地も悪くない。僕はアメリカでは〝フレンチー〟（フランス野郎）とみなされるのだ。つまりフランス語を話すからフランス人に違いない、と言う訳だ。パリから来た、何て言うと更に株が上がる。幾ら僕はチュニジア人だと抗議しても、アメリカ人にはそんなことはどうでもよいのだ。嬉しいとは思わないか、これは親からも貰えなかった愛情だ。だから僕はアメリカ人になった」

「なに！　アメリカ国籍を取ったのか？　それでは君の愛するチュニジアはどうなったのだ。僕は今でも覚えているぞ、パリ郊外の学生寮の君の部屋の壁に懸っていた、色褪せた白黒写真、チュニジアがフランスへ送った派遣団の写真だ。その中心に君の父親がいた。君の父親は宗教哲学者、同時に最高裁判所の長官と大学の教授で、一九五〇年代のこの派遣団の団長だった、と君が説明してくれた」

一九八二年のこと、僕は一人でチュニジアの首都チュニスへ行き、ソフィアンの不在中に彼の両親の家に泊まった。ソフィアンはチュニジア南部のスファックス大学でイスラム思想の講義に出席していた。アラブ諸国の中でチュニジアだけでは回教が人間科学として講義されていることは、ソフィアンの数少ない誇りの一つだった。他のアラブ諸国ではイスラム思想は、旧来の宗教界が科学としてではなく、教義として教えているに過ぎなかったらしい。ソフィアンの父上はフランス語を話さないことを僕に丁重に詫び、ソフィアンの母上に訳させた。しかし時々フランス語の単語を混ぜてくれた。母上によると、父親は研究に集中するために外国語は話さない。母上は、ソフィアンは学生のときに言論の自由を求める運動で牢屋に入れられたと、これまでの噂を確認してくれた。僕は両親とは無理に話そうとしない方が得策だと考え、カルタゴまで観光に行きたい、と言った。僕は母上の教えに従って、朝早くチュニスから電車に乗った。到着地には囲いも料金所もなく、カルタゴに着いたのかどうか疑わしかったが、歩いて行くと所々に、屋根の落ちたローマ風の円柱群が椰子の島のように見えてきて、安心した。円柱群の周りには必ず灌木が斑点のように茂り、到る所にノルマンディ上陸作戦の空爆でできたようなでかい凹みがあり、僕はそれらの稜を渡り歩いた。放し飼いの牛があちこちで乾いた草を食べながら、時々頭をローマ円柱に擦りつけて掻いていた。朝九時には観光客はいなかったが、ただ、一人の少年が凹みに半分隠れるように僕をつけているのに気が付いた。気味が悪い、アラブ人は誰でも刃物を隠し持っているそうではないか。少年が急に僕の前に立ちはだかり、僕の目に何かを突き出した。ローマ時代物という蠟燭立てだ。僕は議論もせずそれを三〇〇円で買った。ソフィアンからは「偽物だから何も買うな」と警告されていたのに。

ソフィアンからの通信は続く。

「アメリカではアラブ人は人口の一%に過ぎず、目立たないから、偏見の対象にはならない。しかもアメリカのアラブ人には知識階級の人が多い。判るか、偏見のない国に住むと身構える必要がない。君はどうだ、ドイツでは偏見で苦しまなかったか」

僕は返信を送る。

「ドイツ人同僚は親切だから問題ない。いや実は仕事でしか付き合いがなかったから、それが良かったのかもしれぬ。ドイツ人同僚は親切だったが、冷たかった。僕は週末はいつも一人だった。寂しくなると町の駅のカフェに行った。そこには必ず何十人ものトルコ人達が集まっていた。ドイツの回教徒はイギリスやフランスとは違う、全部トルコ人だ。よく僕はなけなしのドイツ語で、彼等と会話を始めた。ドイツ人とドイツ語で話すのは難しい（五分も話すと彼等の忍耐心が切れ、ソワソワしだし、何でも〝ヤー、ヤー〟になってしまうから）が、トルコ人となら同じ立場で話せる。僕の心は和まった。そして思った、ひょっとすると僕はトルコ人ほど孤独ではないのかもしれぬ。少なくとも僕にはドイツ人の同僚がおり、ドイツ人と話す機会があるのだから。

トルコ人達の公会堂は汽車の駅だった。なぜかと考えたが、要するに小さい町には回教寺院（モスク）がないせいだ。フランスでは国家は非信教で宗教に対して中立だが、ドイツでは宗教団体は憲法で保護され、モスクや寺の設立は自由だ。更に、法律によると、国は宗教団体に公共の場所を提供しなければならぬ。ドイツでは宗教は国から独立していないのだ。バーデン・ヴュルテンベルグ州では、この間まで各人の給料から否応なしにカトリック教会税を差し引かれていた。それが嫌なら自分がカトリックでない旨を申告せねばならなかった。僕自身はそのことを知らずに税金を取られ過ぎたのを覚えている。ドイツでは公共の場で自分の信教を発言しても問題は起こらない。既にカトリックとプロテスタントが喧嘩せずに共存しているからな。北アイルランドとは違う訳だ。しかし何と言ってもドイツ人が回教徒に対して寛容な理由は、彼等はいつかはトルコへ戻ると信じていたからだろう。トルコはドイツから遠くないし、気候はよいし、ドイツでお金さえ稼げばあまりドイツに残る理由はなかった。ドイツはこないだまで、国籍はドイツ系の姓を持つ者にしか与えなかった。ドイツの国籍を得るには祖先がドイツ人だという血縁を証明せねばならなかった。一九一三年の法らしい。例えば一八世紀にドイツからシベリヤへ移住した子孫は、ドイツへ戻れば簡単に国籍を得たが、トルコ系は例えドイツで生まれても国籍が得られなかった。

君はアメリカでクルナズ青年の話を聞いたか。哀れなクルナズ君、本人はブレーメンで生まれたが、両親がトルコ人なのでドイツ国籍を貰えなかった。九月一一日のアルカイダ事件で逮捕され、グワンタナモの牢屋に入れられた。その後アメリカはクルナズ氏の釈放を公表したが、ドイツ政府はこの青年がドイツ滞在ヴィザしか持っていないことを理由に、ドイツへの再入国を禁止し、彼の旅券から滞在ヴィザを抹消しようとした。彼がグワンタナモで人権に反する虐待を受けたにも拘らず、だ。

この青年が二〇〇〇年以降に生まれなかったのは宿命だ。この年にはドイツ社会民主党が国籍法を属人主義からフランスやイギリスのような属地主義に変え、両親が外国人でもドイツで生まれた者はドイツ人となれるようになったからだ。

これからはドイツ人の顔や宗教が変わるぞ。ケルンとドルトムントはトルコ系が集中した町だが、昔のプロテスタントの教会は今ではドルトムントで一番大きなモスクとなった、と聞いた。教会の正面がちょうどメッカを向いていたからだ」

ソフィアンがパリに着いた、と急に電話して来た、リュクサンブール公園の入り口で会おう、アルンはロンドンから真直ぐそこに来る、と言う。僕等は昔の室長アルンの提案に従い、ムッシュー・ル・プランス通りのカフェに入った。

独身のアルンは同じく独身のソフィアンの、限りなき自己改革や自己矛盾を既に知っていたし、何度もワシントンへ行ってソフィアンに会っていたらしい。僕は自分がドイツへ去った後の、僕には近づくことのできない、彼等二人だけの特別の絆を感じた。アルンはソフィアンを代弁して言った。

「フランスの回教はソフィアンの理想と違い、国と妥協しなければならない。フランスの共和国主義では、フランスに住む外国人はフランス人となれるが、その代わりに彼はフランスの習慣を学び、フランス語を話し、フランスの伝統的な食習慣や服習慣を尊重すべきだ、つまり同化すべきだ。同化できない者はソフィアンみたいにアングロ・サクソンの国へ移住する訳さ」

「うん、確かに、アメリカでは同化するかどうかは問題とならないな」

ソフィアンは頷き、アルンは続けた。

「イギリスも同じさ。イギリスの回教徒はまず宗教を前に出し、国籍は付属的な記録に過ぎない。イスラムは一つの共同体組織として自分の学校や新聞やテレヴィ局を持っている。ちょうど欧州連合の中にドイツやイギリスが独立して存在するようにな」

僕は最近の地下鉄爆破で問題になったイギリスのイスラム人口の記事を思い出した。イギリスの回教徒の大多数はパキスタン系とバングラデッシュ系とインド系で、統計では約一六〇万人、イギリス人口の三％になるらしい。アルンは同胞のバングラデッシュ系の話になると急に燃え、言葉に熱がこもり、フランス語がどもった。

「ロンドンのシテイの近くに、バングラデッシュ回教徒のモスクがある。もともとは一七世紀にフランスを脱出した新教徒ユグノが建てたテンプルだったらしい。彼等が社会的に出世して転出した後、ユダヤ教徒がそれをユダヤ教会堂（シナゴグ）に変え、彼等が成功したらまたそこから移動した。今は僕の同胞が買収し、モスクに建て変えてしまった。僕の同胞は出世しても聖堂を売ったりはしまい。イギリスの回教徒の半数はイギリスで生まれている。イギリスはフランスと違い、多種の文化はイギリス文化に同化する必要はなく、そのまま共存する。宗教はもちろん個人の自由だ。だから問題は、同化ではなく偏見なのだ。イギリスの回教徒は自分の国に住み、母国語はイギリス語なのに、名前が〝モハメッド〟なら仕事がなかなか見つからない。企業はイギリス人の〝モハメッド〟より、名前が〝アンドレイ〟のポーランド移民の方を選ぶ。ポーランド系の移民は今では五〇万人もいる」

「ベルギーでは、今では一番多い名はモハメッドだと聞いたよ」

ソフィアンはクックッ笑いながらそう言うと、これは仕事を見つけたばかりのイルーズの話だが、と言った。

「イルーズの会社の社員採用では、匿名の履歴書が使われるそうだ。名前により差別されるのを避けようとする、キリスト教の良心さ。いっそ名前を変えてもよい。モハメッドをモーリスに、レイラをレアに、というように。今では名前は〝正当な理由〟があるときは変えることができる。〝個人的な便宜のため〟は理由にならないが、〝個人的な発展のため〟は正当な理由とみなされる。名前変更の法は古く、フランス革命のときに遡るのだ。何しろ革命時代だから親の判らない子供が多く、彼等は孤児院へ入れられた。そのような子には三つの名前を与え、最初の二つが名前となり、三つ目の名前が苗字になる。つまり孤児院出身の子は普通は名前であるべきものが苗字になっているから、すぐに判る」

日本にこんな制度があったら、また別の村八分や偏見の問題が起こり兼ねまい。そのような者には、見合い結婚は覚束なくなろう。

その後、キリスト教文化がイスラム勢力に対して少しずつ場所を譲る、次のような事件が起こった。

イギリスの代表的イスラム協会がマニフェストを発表し、若いイスラム男性は髭をはやし、若いイスラム女性は頭巾を被ったまま教育を受け、スポーツもやり、性教育の授業は免除されるべきだ、と主張した。イギリスはこれまで余りに自由主義的だったので、この要求に対してどのように対処すべきか判らないでいる。

イギリスの政策はイスラム政策者へ政治的亡命権を与え、その代りにイスラム過激派からの攻撃を回避することにあったが、この作戦はロンドン地下鉄の〝神風攻撃〟で夢と消え失せた。フランス式共和主義と同じく、イギリス式多文化主義は壁にぶち当たった。

フランスでは学校で豚のスープを配給することが禁じられた。豚を食べないイスラム教徒やユダヤ教徒を差別することになるからだ。

ドイツでは〝クリスマス市場〟は例年一二月からクリスマスの日まで続いていたが、それは他の宗教に対する差別になるから、〝千年市場〟と呼ばれることになった。

回教徒のタクシー運転手達は、アルコール所持者や犬を連れた者は客に取らない、という運動を起こした。

回教の儀式に従って殺戮したハラル肉屋（イスラム律法にのっとって食用に殺された動物の肉を売

る）が増え、ある学校では生徒達がハラル肉でないと食べないと言い出した。生徒達は親の教えに従い、親は回教団体に説得され、回教団体は回教徒共同体の仲間意識を強めようとしている。しかも回教徒共同体は、ハラル肉の商売を通じてイスラム過激派の通信網となっているようだ。

モスレム女性が回教の医者により診断されることを要求した。伝統派回教徒の夫達は病院に、自分の妻の処女証明書を付与するように要求し、妻の出産に立ち会う医者に暴力を奮う事件も起こった。

幾つかの銀行は石油資金を惹き付けるため、回教徒用の特別のサーヴィスを始めた。オランダでは回教徒用の特別病院の建立が計画された。

ソフィアンに明日はどうするのかと聞いたら、実はデュバイへ飛ぶ途中なのだ、と答えた。

「何でまたそんな所へ？　砂漠と石油しかないサウディ・アラビアへ」

「デュバイはそうじゃない。サウディ・アラビアはサウド一家がそのまま国になってしまった封建国だが、デュバイは自由主義の国で、サウド家に統合されなかった勇敢な国だ」

「ペルシャ湾へ海水浴に行くのか」

「いや、アパートを買う」

「ワシントンで働いてデュバイで休暇を過ごす、とでも言う積もりか」

「夏の家じゃない、投資さ、アパートに投資する。アパートを買って人に貸すか、値段が上がるまで待つのだ」

「ああ、あの八つ手の葉みたいに埋め立てた人口島のことか」

「あそこは値が高くて手を付けられない。その手前の砂漠と海の間に、海賊海岸通りが伸びている。その通りに面したアパートだ」

「君みたいな〝アンチ・キャピタリスト〟だった者がなあ」

「アメリカには年金がない。だから生きるためには老後の収入を確保せねばならないのだ」

「パリからデュバイへの直行便があるのか」

「いや、明日の朝ベイルートへ発つ」

「国はレバノンだな？　何でまたそんな所へ行くのだ。レバノンはイスラエルの空爆の後、いまハマスが反撃中で、君の命が危ないのじゃないか」

ソフィアンは少し躊躇した後に言った。

「だから、今、アパートが安いのだ」

ただそれだけだろうか。ソフィアンは、中国の西安を始めシルク・ロードの途中にあるいろんな回教寺院の前で写った自分の写真を見せてくれた。何か目論んでいるのではないか。でも僕等日本人は、同じ唯一神を信じ、キリストを神の子とするか預言者とするかで道が別れる、キリスト教やイスラム教やユダヤ教の宗教上のイザコザとは何の関係もないのだ。

ロイコデルマ

文化カフェにて。サン・ドニ大聖堂の前、地下鉄一三番線終点

白いヨーロッパから黒いアフリカを車で横断する競走がある。パリを出発し、サハラ砂漠を南下し、数週間後にセネガルの首都ダカールに到る道なので、パリ・ダカールと呼ばれる。僕は努力もせず、同じような異国情緒を経験できることを知った。シャンゼリゼから地下鉄一三番線に乗って二〇分、サン・ドニ大聖堂駅で下りればよい。外に出ると、乳母車を押す家族、果物売りや野菜売り、絨毯商人、寄り集まった若者達、全人口が黒人や褐色人だ。ごく少数の白人達は観光客で、大聖堂の中へ消えていく。

僕は自分を白人の身に置き換えてみたことはないが、もし自分が黒人だったらどう生きているだろうかとよく考える。だから詩人ヌガロの歌を耳にすると思わず立ち止まった。

アームストロング、僕は黒人じゃない
僕の皮膚は白いのだ
希望の歌を謳いたいときは
全く様にならないが
……、
アームストロング、君がふざけて笑うと
歯が全部見える
でも僕は黒い思いに沈む
黒い思い、心の底に
歌ってくれ僕のため、ルイ、頼む
歌え、歌え、歌え、体が暖まる
僕は寒い、オー、この僕は
皮膚は白いのに
……。

アームストロングは破顔一笑しながら、白人社会でも、ヴェトナムの戦場でも、歌い続ける。

緑の樹々が見え、赤い薔薇も見える
それらが咲き誇る、僕と君のために
そして自分自身に対して思う、何と素晴らしい世界かと。

しかしルイ・アームストロングには、世界はそんなに素晴らしい場所ではなかったはずだ。彼は他人のためには歌ったが、自分のためには歌わなかった。僕は青春期に「上流社会」なる映画を見て、ロマンチックなハリウッドの白人に憧れた。恋をするビング・クロスビーとグレース・ケリー、それにフランク・シナトラ。しかしアームストロング、君は恋もできず、ただ主人公達のためにトランペットを吹いた。僕はルイを無視してしまった。何と無恥な青春期だったことか。

ミュンヘン飛行場から市内へ入る直行電車の窓に、チラシが貼ってあり、黄色人種とみなされる僕までギョッとした。

「白に対する黒：黒の乗客は四〇ユーロを払うべし」

ドイツにはびこる人種偏見組スキン・ヘッドの仕業か。待てよ、無賃乗車は四〇ユーロ罰金を払わせるぞ、と言う警告なのだろうか。しかし仮想黒人の僕はどうしよう。僕は小さくなって周りを見回した。早く電車から下りたい。

しかし、ドイツ人も流石に気が付いたのだろう、六カ月後に僕がミュンヘンに戻ったときは、張り紙は変わっていた。

「黒の乗客は、我々は赤と見る、従って四〇ユーロを払うべし」

パリでは一部の黒人達が〝部族カ・ア〟なる組織を作り、〝ロイコデルマ〟から成る白人社会に対し、黒人種の優越性を説き始めた。ギリシャ語でロイコは白、デルマは皮膚を意味し、こう呼ぶと白人は色を濃くする遺伝子のない欠陥品みたいに聞こえ、気持がよいではないか。

今のヨーロッパ人は、たったの五万八千年前にアフリカ大陸から移住して来たという。しかもヨーロッパ人の肌色が変わったのは七千年前に過ぎない。アームストロング、自然を待てばよい、しばらくヨーロッパに住めば君も白人になる。しかし自然進化を人工的に早めることもできるぞ。

四万年前のシベリアにはマンモスが住んでおり、暗い色の毛皮を持つものと、明るい色の毛皮を持つものがいた。ライプチッヒ大学の研究によると、たった一個の遺伝子がある蛋白質を合成し、その蛋白質が毛の色を決める。その遺伝子の活性が高いときは黒毛を作り、低いときは茶色や金色の毛を作り、中間のときは赤毛を作る。同じ頃にヨーロッパとアジアに住んでいたネアンデルタール人種も赤毛だったと言われるではないか。

フロリダの二十日鼠は、大陸側に住む鼠は暗い毛皮を持っているが、向かいの沖の島に住む仲間の毛皮は白くなってしまった。島の白い砂丘に隠れるためだ。カリフォルニア大学の研究によると、それはたった一つの遺伝子が変異したせいだ。

ヨルゲンセン教授によると、紫色の朝顔は、リボ核酸により紫色の色素を作る遺伝子を不活性化すると、真っ白い朝顔になってしまう。

僕がパリで最初に割り当てられた研究室には、日本からの優等生中村さんやマダガスカルからのラトヴェロマナナ君（俗称ラトー）やアフリカ象牙海岸からのベルナールがいた。ラトーは室長からは小言ばかり言われていたが、彼はそれを大らかに吸収し、笑ったりするとアームストロングみたいに歯が全部見えた。その楽天的性格が、彼に副室長のように振舞う資格を与えていた。試験管を振りながら、じっと中味を見つめ「難しい、複雑だ」と独り言をいい、すぐどこかにいなくなった。科学には向いていなくても、一般教養はあった。

「フランスには昔から南アメリカ、カリブ海、アフリカ、インド洋、南太平洋に植民地があった。その後、独立したい国は独立させ、独立を嫌う一部はフランスにしてしまった。後者を海外県と呼び、そこの住民はフランス人となった。僕のマダガスカルが独立の道を選んだのは悲劇だが」

ラトーはマダガスカルが独立したときにフランス国籍の方を選んだ。奥さんがブルターニュ出身の白人だったのも理由の一つだ。

「僕等は殆どが歴史のどこかで他の人種と混血しており、フランス以外に祖国はない。だから、最近アフリカから移住してきた黒人とは違う。」

海外県のフランス人は、多くが黒いコーヒーに少しミルクを入れた肌色をしているので、よく〝カフェオレ〟と呼ばれる。彼等の夢は本土の公務員になることらしい。ラトーみたいな知識階級は研究者にもなったが、一般には税関や警察で働く者が多い。彼等がぞっとするのは、新参のアフリカからの黒人と同じ分類に入れられることらしい。

「ベルナールは僕とは全然違うだろう？　彼は自分の国では叔父が大統領で、親父が大蔵大臣なのだが、研究には全く向いてない、ジャズ歌手になるべきだった」

ベルナールは親のお金でこの研究所に送られて来た研究者だが、フランス海外県のグァドループ島出身のカフェオレの女性と結婚したから、フランス国籍もあるのかもしれない。ある日、研究室の同僚の中村さんに「何か日本の歌を教えろ」と言い、「夕焼け小焼け」の超のろいテンポを、たちまちのうちに調子のよいカリブ海のジャズに変えてしまい、スパーテルで実験台を叩きながら歌い、踊り出した。途中からフランス語とイギリス語が混ざり出した。カリブ海のフランス語は変形され、クレオールと呼ばれると聞いていた。それかも知れない。

「それ、いわゆるクレオールか?」

ベルナールは靴をカタカタと鳴らし、腕で拍子をとりながら、口の旋律を止めた。

「クレオール? 違う、ピッジン、カリブ海のイギリス語だ。家内の里サン・マルタン島の公用語だ。いや、フランスだが、ここだけはイギリス語を話す。いま、イギリス語をフランスの方言として認知させる運動をしている。バスク語やブルターニュ語のように。君も署名しないか?」

隣の研究室ではユベールが博士論文を作っていた。名前はフランス風だが東洋人で、姓はウーと言い、少し西洋人かインド人の血が混ざっていた。彼はインド洋にある海外県のレユニオン島から来た。

「先祖は中国の広東。ただマオ・ツエ・トング（毛沢東）の共産党になってからは故郷との繋がりは絶たれたけどね」

「インド系やアフリカ系が多いとは聞いていたが、中国系もいるとは!」

「中国系は島人口の五％か六％だろう。中国へ帰るとバナナと呼ばれるよ、ハ、ハ、ハ」

「だろうな、中国移民にはバナナ栽培なんか簡単だろう」

「そうじゃない。バナナの表面は黄色だが、皮を剝くと白くなるからさ、ハ、ハ、ハ」

東洋系の人間はフランス人になってもよく笑ってくれて、僕の気を和めてくれる。

ラトーはフランス政府が人種や肌の色に分けて統計をとるのに猛反対だ。

「僕の国の良い処は、国民を人種により分類するのを拒否し、分割不能な同じ国民として取り扱う点だ。フランス革命の直後に宣言された人権宣言を知っているか。〝自由の民は人を選ぶときには、美徳と才能しか選抜理由にしてはならない〟。この精神が判らない社会学者達は、人種に分けての調査を拒否すると実態が分析できず、かえって人種関係改善への努力を妨げる、と主張するが」

僕が思うに、白人か黒人かの調査はあまり問題とはなるまい。それは誰の目にも判るからだ。だがアラブ人や北アフリカ原住民（バーバリ）はどうなるのだろう、彼等には日に焼けた褐色の人が多いが、ときには青い目も金髪もいる。本当に人種による分類を始めたら、肌色ばかりでなく、祖先の出身地でも分類せざるを得まい。

ベルナールもラトーに賛成だ。しかし理由は異なる。

「そんなことするとアラブ人が可愛想だよ、アラブ系に分類されることは、否応なしに社会的問題組へ追いやられるようなものだ。彼等が反対するのは当然だよ」

黒光りする瀝青炭のようなベルナールからそんな言葉を聞くのは奇妙に思ったが、どうもフランスでは、黒人に対するよりアラブ人に対する偏見の方が強いようだ。黒人は従順だが、アラブ人は反抗する、とも言われる。アラブ科学は一時は西洋より進んでいたが、アフリカにはそんな歴史がなかったせいかもしれない。

ユベールは自分には関係ないが、と、ハ、ハ、ハと笑った。

「誰かに皮膚の色を聞くことは、選択を強いることになる。僕を見ろ、東洋人の血と白人の血も少し混ざっているが、どちらかを選ばねばならないとすると、どうするのだ。普段は意識さえしていない自分なのに、どちらかの区分へ分類されてしまったら、自分はどちらに属するかと意識せざるを得ない。社会をいつも人種共同体や皮膚の色に分けて考えることに慣れてしまう」

五〇年代、林氏のアメリカの叔父さんがアメリカ南部でバスに乗ったら、前半分に白人用、後半分に黒人用と掲示されており、迷ったあげく後ろ側に座ったら、黒人から前の方へ追いやられた、という話もあった。

ラトーも、自分には関係ないが、と前置きして言った。

「そしてそのうちに黒人が多すぎるということになり、制限が課されることになる」

僕は漠然と、何十年も前に感じた違和感を思い出した。クリステルがパリからフランクフルトへ戻り、そこのガレージで働き始めたとき、僕は彼女に会いに行った。彼女は、「日本人出張者が行き来するナイト・クラブがある、そこに行こう、わたしが奢る」と言いだした。客を喜ばせようとする、ドイツ人の律儀な親切さなのだ。そこに入ろうとすると門番が彼女に目をつけ、身分証明書を求めた

のを覚えている。僕が彼女に、どうしたの、と聞くと、

「判らないわ、年齢を確認したかったのでしょう」

と言って、身分証明書を見せてくれた。そこには身長「一七八センチ」、目の色「緑」と書いてあった。僕は改めて彼女の顔を見直したものである、本当に緑かどうか。僕の場合は何色になるのか、黒かこげ茶か、そんなことは今まで気にもしなかったのに、何となく差別されたような気になった。

イギリスやアメリカでは大っぴらに人種や皮膚の色に分けて国勢調査を行う。目的は現状を知り、社会同化を計り、将来に備えるためだ。しかしヨーロッパ系の多数派には、その優位が侵蝕された程度への警鐘にもなる。人種別の国勢調査をやったら本当に人種問題の解決に役立つだろうか。イギリスやアメリカは人種別統計のお陰で皮膚による差別はフランスより少なくなったろうか。どうも逆に思われる。

イギリスでは一九四八年のアトレー時代に高価な植民地制度を放棄し、その代りにイギリス国籍を選ぶ者にはイギリス旅券を与えることになった。この自由政策のせいで世界各地から大量の移民がイギリスに流入したので、それは一九八一年のサッチャー時代に廃止された。しかし既にその前から、外国人はイギリス在住者の婚約者や扶養家族しか入国できなくなっていた。

最近では、婚約者を呼び寄せるときでも、入国に際しては処女試験が課せられようになった。イギリスにはインド系の人間が多く、よくインドから婚約者と称する女性を呼び寄せるが、もし本当の婚約者なら、ヒンズー教の伝統により処女であるはずだからだ。そんな検査をする医者は先輩移民の成

功組に違いない。今のイギリスの病院はインド出身やカリブ海出身の医者なしでは機能できなくなってしまっているほどだから。

イギリスでは不法移民は国境で阻止せねばならなかった。イギリスには身分証明書がなかったので、一度入国を許すと逮捕ができなくなったからだ。イギリスに潜り込め、一年逃げおおせろ、そしたらイギリス人になれる、という話もできたくらいだ。しかしそんな事態は二〇〇四年に変わった。今は住民は身分証明書を所持せねばならず、市民権を得るには試験がある。フランスで知り合ったパテル君はその試験を経験した。

「大したことはない。イギリスに憲法はなし、革命の伝統もなし、だから試験はせいぜい、若者の何%が麻薬禁止の法を破ったかとか、年の何割が雨の日か、とか、そんなものだ」

各人種ごとに見ると、専門業では、第二世代のカリブ海からのカラード（フランスでのカフェオレに該当）やインド人の方が、白人より平均収入が高い。ただし失業率も白人より高いから、偏見のせいで仕事を見つけるには白人より苦労する訳だ。

人種に分けた統計のおかげで、イギリス警察には土着のロイコデルマが多いことが判ったし、イギリスのタクシー運転手にも白人が多いことが判った。フランスには人種別統計はないが、運転手は大抵が外国系なのはすぐ判る。ロンドンの運転手は答えた。

「それはイギリスでは運転手になる試験が難しいからだよ、何しろロンドンの通りの名を全部知らないと受からないからな」

ところが最近はパキスタン系がタクシー運転手の仕事を占領し始めた。白人の水準を追い越した訳だ。それに対し、バングラデッシュ系はレストラン業に集中するらしい。これらも人種別の統計から判った。

フランスでは、外国人は自分の文化を棄ててフランス文化に馴化するよう要求され、欧州系か外国系かには意識的に目を瞑る。イギリスでは多人種の文化は別々に共存する伝統があり、今ではアジア系の知的地位が、土着イギリス人を追い越すようになった。しかし二つの集団は一つに融合するより、分かれたまま共存を続ける。

アメリカ民主主義の原則では、市民としての資格は同じであり、ただ、能力はもともと不公平に分配されているから、そこから不公平な社会ができるのは当然だ。だが、アメリカには黒人差別の傷という歴史的な負い目がある。だから、少数民族には人口比に沿って大学入学や建設職に最低の採用枠を作って彼等を保護することを考えた。イギリス語では「肯定的行為」と体裁よく呼ばれるが、正しくは「積極差別」とか「逆差別」と呼ばれるべきだろう。しかし選ばれた少数民族は徐々にその採用枠の割合を満たせなくなるし、逆にアジア系の少数民族はよく働き成績もよいので、返って積極差別の枠が邪魔になりだした。多数派の白人と言っても、ペンシルヴァニアに住むドイツ系アメリカ人は、インディアンやブラックやヒスパニックより収入が少ない。それなのに積極差別の恩恵は受けられない。逆に、アルゼンチン系のヒスパニックはお金持ちが多いのに、少数民族としての恩恵を受けることになる。

フランスでは国民を分割してはならない。ただ、人の能力は不公平にできている。だから国は有能なエリートを選び、彼等の能力を合理的に使い、能力に恵まれない人はその果実を享受すべきだ。そんなエリートを選ぶために、フランス人の過半数は積極差別に賛成する。考えてみれば日本にも、弱い性への積極差別が既に存在していたことに気付く。女性しか入れない大学だ。女子大、女子医大、女子薬大。

フランスでアメリカ式に人種で分けて積極差別をやるとすれば、アラブ系やアフリカ系が対象になろう。東南アジア系は横に置いておこう、彼等は暴動を起こさないばかりか、学校の成績も良い。しかし共和国精神からすれば、人種を基にした優先取り扱いは避けるべきだ。その代わりに、不利な環境で生活している者、主として黒人系やアラブ系から成る郊外族を対象にすべきではないか。大都会の郊外の、貧乏地帯の、質の悪い学校が若者達の社会への同化を妨げ、不満を募っている。郊外族の暴動が絶えないのは、インテリの金持ちが左翼の旗を掲げながら、高級地に住み、高級レストランで会合を繰り返すような現状に反抗しているからだ。

サッカーの世界大会でのフランスの国家チームを見ると、黒人やカフェオレばかりで、アフリカのチームと間違える。陸上やフェンシングや柔道や空手も同じだ。彼等は全人口の二・五%に過ぎないのに。フランスの指導者はこれが共和国を象徴し、同化の証拠だ、と誇らしく言う。しかし真実は、アフリカ系の郊外族が貧困から抜け出し、社会の大通りに出るには、現実的にはスポーツしかないことの証拠だろう。

郊外族の問題を解決するには、何かフランス的な方法を考案せねばならない。一つはエリート校のパリ政治学院が始めたように、貧困家族の巣となる郊外のうちから優先教育区域を選び、そこから幾つかの高校を選び、それらと契約を結び、政治学院の学生がそこで指導員となる。これらの高校は年ごとに優秀な生徒を選び、選ばれた生徒はパリ政治学院へ口頭試験だけで入学できるようにする。一つはエリートの商科大学がやるように、優先教育区域の高校から有志の高校生を商科大学へ受け入れ、そこで補習をやらせ、最後にはその大学を受験させる。

積極差別の出発点として、まず優先教育区域を指定しなければならない。そして一定の有名校は学生達の何%かを必ずこの区域から採用する。推薦入学、だいたいそんなものだ。しかも、これまでの経験によると、このようにして入学した学生でも、卒業時の成績は、普通に試験を受けて入学した学生達と違わないそうだ。

僕のベルナールは昼近く研究室に現れると、試薬瓶の間から僕を手招きし、「面白い話がある、こっちへ来い」と僕に命令した。

「ケン、俺は本当にもてるのだ。俺の家族が金持ちであるせいもある。しかし本質的には俺の男らしさがもてる理由だと思う、この野郎、ワッハッハ」

「ウン、君がもてるのは判るけど、もっと真面目に研究し、早く博士号をとり、アフリカへ戻り、国のために尽くしたら、両親はもっと喜ぶと思うよ」

「そうじゃない、ケン、俺には俺のやり方があるのだ。こんな話を知っているか、あるヤンキー慈善家がアフリカ農夫に肥料を提供し、お陰で農地の収量が二倍に上がった。数年後に慈善家が成果を見に戻ったら、農地は荒廃したままだった。がっかりして理由を聞くと、農夫は陽気に答えた。〝収量が二倍になったから、今は二年に一回しか収穫しないのさ〟と」

「だからこそ、君は早くアフリカへ戻り……」

「アフリカ人は昔からの、自然に合う農業に戻ったのだ。俺は別だが、普通のアフリカ人は確かに相変わらず貧しい。しかし皆楽しく暮らしていた。今のアフリカ人はホモ・サピエンスがアフリカの環境に最も合うように進化した結果だ。そんなに進化したアフリカ人に、北の白人が自分の習慣を押し付けるなんて、場違いさ」

「しかし貧困は続くよ」

「貧困? ケン、人間は核酸や蛋白を複雑に使って生き延びる（俺の研究を見よ）。しかしそれも何十年か先には確実に死ねるという目標のために生き延びているに過ぎない。オー、俺の神様、お金なんて何の役にも立たない。俺は貧しくても構わなかったのに。でも君のような黄色人種はかわいそうだな。仕事はよくやるが、特徴がない。スポーツは弱いし、リズム感はない。悪いが、フランス語もそこそこだ。とは言っても、この研究所に黄色人種がいることはよいことだ。もともと、色んな人種がいることは喜ぶべきことだよ。こんなに違う人種達が人生を、最高に陽気に、変化のある、魅力ある場所にしてくれるからな。一緒に仕事するには苦労するが」

事実は、ロイコデルマは黒の遺伝子が欠けるから金髪になる訳ではなく、金髪や赤毛は色素フェオメラニンを作る別の遺伝子を持つからだそうだ。男親と女親がこの遺伝子を持っておれば、生まれる子は金髪となる。しかし突然変異がある。オーストラリア、カナダの原住民にも金髪が現れだした。もともと金髪が持て囃されるのは、多数の黒髪の間では目を引くからだ。もし周りが金髪ばかりなら、黒髪がもてる。ある実験がそれを証明した。回りが白人ばかりだと、黒人がもてる。ベルナール、どうも君が正解のようだ。しかもベルナール、君は人間がアフリカの厳しい自然に耐えるように進化してでき上がった究極の姿だから、黒いばかりではない。美しい。

ネポティズムとクローニイズム

カフェ・ラ・フラムにて。ワグラム通り、パリ八区

辞書によると、ネポティズムとは、昔のローマ教皇が私生児を作ったときにその子を自分の甥（ネポテ）と称し、特に身びいきにしたことに由来する。

今日は珍しく、仕事のあと同僚三人とメトロの近くのカフェで一杯飲むことになった。一般にフランスでは仕事場を離れると同僚とは付き合わない。仕事と友情を混同してはならぬ、情がからむと仕事がやりにくくなる、だから最初から仕事の同僚とは付き合うな。これはデカルト式の三段論法だ。逆に日本では同僚と外で一杯飲み、仕事で起こったギクシャクを補正し、仕事に潤滑油を注ぐ。どち

らがよいか。確かにフランスの職場は冷たい戦場を思わせ、同僚は最初の敵と言ってよい。しかし日本みたいなべたついた関係はなく、言い訳は効かず、仕事が捗《はかど》るのは確かなようだ。

フランスでやむなく同僚と外で会うときは、仕事の話は避けるのが原則だ。ちょうど、フランス人家庭に招待されたら必ず一〇分か二〇分は時間に遅れて着き、政治と宗教については話題に出さない、という不文律があるのと同じだ。

ところが僕には日本以来の悪い癖がある。同僚が外国人の僕を誘ってくれるなんて、嬉しいより申し訳ない気分が先に立つ。そこで無理に話題を探し出す。すると無意識の内に、フランスへの悪口になってしまうのだ。

「フランスでは何か事件があると、途端に氷山の水面下に隠れているいろんなことが見えてくるな。エストニアの首都のホテルで、フランス女優が愛人のロック歌手に殴り殺された。すると今まで誰も知らなかった事実が浮かんでくる。フランス映画が東欧で撮影中であり、主演女優は霊感を湧き起こす型ではないが女優生命が長く、彼女の母親が監督で、弟が助監督をし、彼女の子供も一役かっていたらしい。彼女の父親は昔ブリジット・バルドーの相手役を演じた俳優、何と言ったっけ」

ジャンはカフェの立ち飲み台に置いた肘に顔を隠し、僕の批判をかわす振りをして、

「オー、ケン」と笑った。

「いや、確かにあの事件では、事件の異常さより、国営テレヴィ局の後援するこの映画がほとんど一つの家族作品であることにびっくりするな」

僕は観覧席にいる外国人の気楽さと、国営テレヴィへの納税者の憤りから話を続けた。

「テレヴィの連続物では急に若い俳優が抜擢され、主役を演じる。番組の終わりに流れる出演者の名前を見ていると、彼が有名俳優の子、又は親戚であることが判る。国営テレヴィのニュース解説者に急に抜擢された某嬢は同じテレヴィ局の社長の子で、四〇年前からの有名な司会者の姪だし」

ジャンはいつもは内気だが、農家の息子の執拗さで、フランスのコネ社会への反発心では僕に負けない苛立ちを感じているようだ。

「自信のない二世は親の名を使うが、野心のある二世は別の名を使うから、名前だけでは判らないぞ。国営テレヴィでの五分間の宝籤番組を知っているか。これは誰でもやれる番組だ。ところがそれに選ばれたのは有名司会者の息子、その息子はこの近くにレストランを持っていたが、うまく行かずに閉店し、テレヴィ界に入ったのだ。声の響きも顔立ちも不愉快で、全然テレヴィに向いていないのに、な」

ジャックは歯医者の次男坊、体は一メートル九十もあるのに繊細で育ちがよく、いたずらに現状に反抗するより、それを正当化する理由を探した。

「テレヴィの世界では資格試験はないし、公募試験もないから、どうやったら入局できるのかが判らない。この世界では親のコネがなければ入口がどこかさえ判らない。テレヴィの番組は司会者や内部の者が牛耳っているから、部外者は彼等とのコネがなければ出演する機会はない。僕は天気予報をやる女性の顔を見るたびに、彼女は誰とどんな関係か、ということを考えるよ。これが限りなく不透明性なフランス社会の現実さ」

ジャンは、ド・ヴィルパン前首相が当時の政敵サルコジ氏を陥れようとした疑惑の事件に話を移した。

「あの事件の調査のお陰で、引退していたはずのロンド将軍が表面に現れ、その姪が秘書として就職していたことが露見した。サルコジ大統領が法務大臣に起用したモロッコ出身のラシダ・ダティ女史の下で謀反が起こり、数人の専門家が辞職すると、大統領顧問のゲアン氏の息子が彼女の下で働き始めたことが判った。ケン、誇りに思え、君や僕が収めた税金がこれら家族員を養うのに役立っているのだ」

「ジャンとジャック、なぜ頭にくるか判るか？　僕は高い税金を払っているのに、国は集めた税金をルイ王朝みたいに無駄使いする。誰にも興味のない映画を補助したり、コネ採用の給料に使ったり。しかも国は外国人の僕から税金は取るが、選挙権はくれない」

かくして僕等は別れたが、ビールを飲んだほんの一〇分、フランス社会の二重性について考えるきっかけを与えてくれた。

ネポティズム、つまり同族登用、これはヨーロッパでは地中海気候に合い、ラテン文化の国で横行する。権力者は下からの謀反を恐れるので、直臣を近親で固め、場合には従兄弟や従姉妹や甥姪やその伴侶まで配下につける。ネポティズムは、自己中心の、他人を信じない、猜疑心の強い文化から生まれるのだろう。

逆にクローニイズム（愛顧主義）は、北海沿岸のアングロ・サクソンやゲルマン文化に見られ、血縁より、親友関係や同窓生を重視する。ブレア前首相は自分の回りを親しい友人で固めたことで知られる。例えばマンデルソン氏は政府の重要職に任命され、何度も醜聞で辞任させられたのに、今はブレア政府の押しで欧州委員会の要職にある。彼等はオックスフォードの同窓生、しかしブレア氏の回りには血縁関係は一人もいない。イギリスの政治文化を引き継いだアメリカでも、大統領が変わる度に友人関係の直臣が抜擢され、上級官僚さえ頭がすげ替えられるが、血縁関係者が起用されるのは稀だ。かのヒトラーでさえ、自分の親戚を登用することはしなかった。サダム・フセインはヒトラーの崇拝者だったのに、その教えに従わず、回りを二人の息子と二人の娘婿大臣で固め、自滅への道を突進した。これはメソポタミア文化が地中海文化の一部をなすせいだろう。

フランスは北海と地中海の両方に面しているだけあり、ネポティズムとクローニイズムの両者を兼ねそなえている。

フランス流の個人主義は、透明性に欠ける社会の難しさと、そこで生き延びるためにやり繰りする個人が発展させた自己主張の強さで象徴される。上に立つ個人は権力を私物化しがちだが、下の民衆には不透明な幕の後ろに隠れて何も判らない。日本と違い、フランスには上と下の総意で少しずつ改良するという哲学がない。何かが行き詰まると民衆は路上に繰り出し、示威運動や暴動に走る。そこで勝ち得た権利は尊い〝既得権〟となる。既得権はフランス人にとっては社会進歩の象徴である。だから上も下も左も右も、既得権を廃止する試みには最後の最後まで抵抗する。そのよい例が週三五時間制だ。これは左派の前政権が設置し、当時の右派は猛反対した。この制度の弊害が明瞭になったのに、今は政権を取った右派でさえそれを廃止しようとはしない。既得権だからだ。その代わり、三五時間以上働く者にはボーナスを与え、会社には減税措置を講ずるなどの例外規定が添加される。そのせいで社会制度にはまた例外がふえ、社会生活はますます複雑になる。皮肉にも、フランスではネポティズムも既得権みたいなもので、陰口では囁かれても、大きな批判の対象にはならない。

しかしフランスはネポティズム志向を牽制し国力を高めるために、現代のエリート主義を考え出したと言える。為政者は国の要職を近親者やその同類項で固める代わりに、特別に養成されたエリート達を任命すべきだ。ナポレオン以来、フランスでは専門分野ごとに少数精鋭のエリート大学校が創設された。一番新しいのは、第二次大戦直後にド・ゴールの肝いりで創立され、高級官吏への登用門となった大学院大学校〝エナ〟である。かくして政府は国の要職をこれらエリート校で養成されたエリートで満たすようになった。各大臣には官吏機構から離れて官房があり、それが大臣へ政治的助言をする。その官房にも、政府が左派か右派かにより、共鳴するエリートが選ばれて任命された。彼等は政権が変わると留任できないので、政権交代の少し前に国の息のかかった組織や企業へ天下りするようになった。

このようにフランス式共和国では、例えば左派が政権を取ると左派に傾く官房エリート達が大臣を補佐することになる。アメリカでは大統領は高級官吏まで政治的に任命し、ドイツの高級官吏はその公民への義務が公法により既定される。イギリスでは高級官吏は公平客観的で、ただ大臣を通じて議会への責任を負う。それゆえ、フランスエリートの政治色は、ドイツやイギリスよりアメリカに近いと言えよう。

このように、政府はネポティズムから抜け出す努力をしたが、地中海気質は五〇年や一〇〇年では変わらない。フランスを代表する国際的企業は多いが、その内のかなりが親から子への一族会社である。非常にフランス的なのは、中小企業ではなく、世界的な大企業が家族会社である点である。飛行機のラガルディエール、ダッソー、食品のダノン、建設のブイーグ、流通業のピノー、贅沢品のルイ・ヴィトン、車のプジョー、ワクチンのメリュー等々。ただし男子の継承者がいなかった化粧品のロレアルや広告業のピュブリシスは例外である。他の例外は国が株主の大企業であり、そこへは政府が自分に仕えたエリート達を天下りで送り込んだ。そこで政府と大企業を同じ大学校出身のエリート達が占めるようになり、フランスにはネポティズムの代わりにクローニイズムが蔓延しだした。

これはドイツやイギリスの企業の指導者が、生え抜き社員で、下から努力して這い上がってきた者の中から選ばれるのと対照的だ。ドイツにはネポティズムが入り込む余地があまりないので、それに対抗すべきエリート校の必要性もないようだ。イギリスでは大企業の指導者の子供はむしろ親の職業に反発するようで、多くが親を継ぐより弁護士や会計士や銀行員になるようだし、貴族の子孫は往々にして軍人や不動産屋になるという俗説がある。

フランスでは情報の得にくさから、職業が不透明なほどネポティズムがまかり通る。例えば俳優の子は俳優となり、記者の子は記者となる。弁護士の子さえその傾向がある。そのような分野の特徴は、特に難しい資格試験がなく、親の地盤に頼ることができ、毎日の市民生活からかけ離れていることだ。できれば、部外者にはどうやって応募するのか判らないことが理想的だ。公証人や執行吏の職業がそうだ。僕の知的財産弁護士の分野でも、ヨーロッパ共通の制度ができるまでは、こんな専門の存在は親父の子しか知らなかった。僕の分野では今でもそれほど世襲の事務所が多い。

フランスは北ヨーロッパに負けない立派な原則の規則を考え出すが、一度それを作ると途端に南ヨーロッパの性格を発揮し、それを守らない。ジャックと共に路上に点々と転がる犬の糞を避けて歩きながら、僕は、

「自分等が決めた糞処理の規則ぐらい守ったらどうだ」

と呟いたことがある。彼はニコリともせずに答えた。

「我々はラテン人だ、ゲルマン人じゃない、しかもそれを誇りに思っている」

ゲルマン系の重厚さを鏡とし、ラテン系を軽く見がちな日本人にとっては意外な答えだ。フランス人は大半がゲルマン系であるにも拘らず、ラテン文化を継承したことを誇りにしている。ドイツ人みたいに規則に縛られだしたら、生活に面白みがなくなってしまう、と考えているようだ。

かくして、ナポレオン時代から続く法律が現状に合わなくなっても、なかなか手が加えられない。そして法律が実生活に合わなくなると、庶民生活に疎いエリート官僚に頼って法の改正を待つより、そんな法は無視する方が手っ取り早いのだ。為政者もそれを知っていて、違法者の監視にはあまり熱心ではない。それでも法律が邪魔になりだしたら、政府は法の全面改正という大仕事をやる代りに、

手っ取り早い例外規定をドンドン添加して行く。結果的には、庶民には法や規則がますます複雑になり、それに対処するには法を無視するしかないのだ。

世界保健機構によると、フランスは世界で最高の健康保険制度を持つ国である。しかし国の医療費が高騰し、アメリカやドイツに迫るほどになった。僕が勝手に高価な専門医にかかると、費用を払い戻す健康保健の赤字が増す。そこで、各人は自分の町の医者を指定すべし、という制度が考案された。僕は一般医の中から〝家庭の医者〟なるものを選び、その名を登録する。病気になったらまず登録家庭医にかかる。家庭医が僕の心臓が悪いと診断した場合には、心臓の専門医を紹介してくれる。僕がこの二段階を経ないときは健康保険の払い戻し率が悪くなる。家庭医でない一般医に罹った場合も健康保険の払い戻し率が悪い。かくして僕は、直接に高価な専門医の門を叩くことを躊躇するし、マルセイユに住む義弟の医者に処方箋を書かせ、買った薬品の全額を健康保険に払い戻させることもできなくなった。

僕の事務所のダンがよくやる方法は、年に二、三回の有給休暇を取るときは、その前に〝家庭の医者〟にかかり、数日の休養を処方してもらい、病欠と有給休暇を組み合わせて長い休みを取ることだ。病欠の間は事務所に代わって健康保険が給料を払うので、健康保険は赤字になるが、事務所にはあまり損害がない。しかし医者とダンの間に癒着がありそうだ。しかし使用者が従業員の病欠に文句をいうと権利濫用で労使委員会に訴えられかねない。だから文句も言えない。

僕は登録した家庭医レベック先生があまりに頼りないので、医者を変えることにした。レベック先生を選んだのは、家から歩いて五分の距離だったからだ。先生のよい点は自分が藪医者だと自覚しており、料金は国と医師会が決めた、約三〇分の診断で三六〇〇円に過ぎないことだ。しかもこの大部分は健康保険により払い戻される。不便な点は、三〇分の報酬を稼ぐため、先生は一月前にやったばかりの作業を繰り返す。上体脱服、体重秤り、脈とり、聴診、電算機への記録。レベック先生を変えることにしたきっかけは、寝込んだ家内のため金曜の午前中に家への回診を頼んだが、待っても来ない。外に出てみると戸口に張り紙があり、「鈴を押しましたが返事がないので帰ります」とあった。僕の電話番号をちゃんと知っているのに。僕から電話してみると、不在の留守番電話で、既に週末の休みに出発した後だったのだ。

僕は近くの薬局の薬剤師に、この界隈の良い一般医を紹介してくれないかと頼んだら、「すこしやり過ぎるところはありますが、よい医者です」と紹介してくれたのがジャコブ先生だ。先生は一八世紀の装飾のない建物の三階で開業していた。建物の中に入り、エレベータがないことを確かめ、薄暗い階段を上り、ベルを押すと、内側から磁力でカチッと戸が開いた。誰も出てこないので、僕は待合室らしい方へ進んだ。廊下の机の上には何列もの長い型紙箱があり、そこには手書きされた昔の整理カードが一杯に収めてあった。待合室に入ると正面に男の裸体の彫刻があり、少し変な印象を受けた。待合室に現れた先生は、既に近くのカフェで目にしたことのある、僕より首一つ背の低い中年男だった。診察室に導かれて入ると、大きな古めかしい机の上には妻子の写真と思われる写真たてだけが見えるが、電算機はない。角の棚の上にはイスラエルの旗が飾ってある。先生は後ろの診察床を指して

「パンツだけになって寝なさい」と言った。それから掌で体を隈なく触れ、叩き、聞き耳をたて、最後に「横になってパンツ下げなさい」。そして「貴方の年では前立腺と高コレステロールの恐れがあるから、チュラン医院のヴェット医に会いに行ってみなさい」と言った。僕には薬剤師が言った言葉が頭に返ってきた。ジャコブ先生は確かに診療しすぎで、これでは誰でも何らかの病気になってしまうだろう。ジャコブ先生が後ろを向いて診断書を書きだした。何と今さっき廊下でみた整理カードに書き込んでいるのだ。その間に頭を回して写真を見ると、妻子ではなく父親と思われる老人の写真だった。

ヴェット医は「どの家庭医からの紹介ですか」というので、ジャコブ先生ですと言うと、「アア、良い医者です」と連帯感を込めて言った。そして「ジャコブ医が家庭医ですか」というので「いや、まだ決めていません」というと、「家庭医は登録せねばなりません。でないと健康保険からの払い戻し額が少なくなりますよ。しかし今回はジャコブ医を家庭医として取り扱ってあげましょう」

僕はそれ以来ジャコブ先生の所へは戻らず、病院で働いているアンヌ・マリに頼んで別の一般医を紹介してもらった。バルッシュ先生。この先生もジャコブ先生のようにユダヤ系らしい。バルッシュ先生は半分は大きな病院で、半分は自分の医院で働いている。保険医ではないので、三〇分の診察で六〇〇〇円はかかり、社会保険はレベック先生の三六〇〇円のときと同じ額しか払い戻してくれない。抗コレステロール用の薬も「リプールに変えなさい」と言う。これは今まで使っていた薬より高い。家に帰ると家内は「バルッシュ医にはリプールの販売会社から国際会議に出席する費用が出ているに違いない」と顔を顰《しか》めた。僕は「母親が渋谷の大病院から退院するとき、僕の反対も聞かず、一〇万円の現金を包んで担当医者に渡しに行った。医者は無言のまま頷いただけで封筒を白衣の下に入れたのを思い出す。声を出したら賄賂になるとでも思ったのだろう。それに比べればまだかわいい」と家内を慰めた。バルッシュ医は規定により最高三カ月分の使用量しか処方してくれない。三カ月後には医者にまた戻らねばならず、また六〇〇〇円かかる。ちょうど友人の引退医者フランソワーズがパリに遊びに来たので、リプールの処方箋を作ってもらった。彼女は家庭医ではないから健康保険からの払い戻しは少ないが、それでもバルッシュ医に払うお金を考えるとまだ安くつくのだ。

「ケン、昨日の新聞を読むと、日本の首相は今でも世襲制だそうだな。いや冗談だ。でも、フランスがエリート主義を採用する前の、一八世紀の啓蒙時代の前夜に似ている」

ジャンはルモンド紙の記事のことを言っているに違いない。こんど辞職する安倍首相が昔の首相の孫で昔の外相の息子、二人の後継候補者のうち麻生さんは昔の首相の孫、福田さんは昔の首相の息子、しかも安倍さんの前任者の小泉さんは昔の厚生大臣の息子。僕はいつも、フランスのネポティズムを封建制度の残りだと批判している、その手前少し小さくなって然るべき理由を探した。

「ジャン、それはアジアの伝統なのだ、インドを見ろ、ジャワハーラル・ネールはインド独立後の最初の首相だが、その娘のインディラ・ガンジーも、その息子のラジヴ・ガンジーも首相になり、その妻が議会の権力者になり、今度はその息子が政界入りを果たす」

「しかしインドはカースト制で知られる国だ、民主主義として誇れる例ではないぞ」

「日本のネポティズムはフランスと同じだよ。フランスより良くはないが、悪くもない」

「いや違う。ネポティズムとは、サルコジ氏が大統領になると側近を近親者で固めることだ。しかしフランスでは、そんな人は次の選挙で落選する。つまり僕等は抵抗権を持ち、それを使用する術を知っている。ジスカールやミッテランの子供達も親の地盤と名前を利用して政治界入りを試みたが、どちらも成功しなかった、政治家になるのは俳優になるより難しい。選挙では反対勢力があるし、民衆も拒否できるからだ。ドイツやイギリスでも、著名な政治家族は二代と続かない、ビスマルクもアデナウアーもチャーチルもサッチャーも。アメリカにはブッシュ家の例外があるが、この例外は大災厄で終わりそうだ。それも尤もで、確率から見て何千万の人口の中から有能な政治家が同じ家族の内で何代かのうちに二人も生まれる訳はない」

「日本はフランスの逆方向に進化しているにすぎない。今でこそ政治は地盤と金を持つ者の世襲になったが、一昔前まではエリート官僚が政治家になったものだ。ちょうど今のフランスと同じように」

「インディアンのクレージー・ホースでさえ親を継いで酋長になったのではない、自分が他人より強く、賢いことを示して指導者になったのだ」

悪いことに、芸術や産業や研究の世界と違って、政治には外国からの競争がない。歴史的には政治家個人とその判断力が世界や社会を変えるようだが、日本には政治家を才能により選ぶ手段に欠けるようで、日本の政治家が世界を変えるというスリルを味わえない。いつも経済力とポップ文化の陰に隠れ、重要な判断は外国の政治家に任せることになる。残念ながら。

イッヒ・ビン・アイン・ベルリナー

ツム・アラビッシェン・コーヒーバウムを探して。ライプチッヒ

ケネディ大統領がドイツ語で〝自分もベルリン住民の一人だ〟と叫んだときは、僕等はそれが真っ赤な嘘であることは忘れ、その象徴の強さに打たれ、甘美さに酔ったものだ。ベルリンが壁でまだ東と西に分けられていた時代だ。約四〇年後の九月一一日、ニューヨークのワールド・トレード・センターが攻撃されたとき、ル・モンド紙は大見出しで「我々は皆アメリカ人だ」と団結を叫んだ。これはベルリン効果を狙ったものだった。

僕は仕事の会議でベルリンに来たが、会議の前にライプチッヒへ出掛け、あるカフェを探した。そ

れはゲーテが常連だったカフェで、しかもコーヒーというより、デカ（コーヒーからカフェインをのぞいたもの）の発祥店として有名なのだ。ゲーテがそこのコーヒーのお陰で不眠症になり、友人の化学者に頼んでカフェインのないコーヒーを造るように頼んだと言われる。デカの歴史はここで始まった。しかし日の落ちる速さと情報不足のせいで時間切れとなり、僕はデカを飲めないままベルリンへ戻った。

　翌日は会議をすっぽかし、お忍びでレディーズ・プログラムに参加した。周遊船に乗り、運河からベルリンを観光するらしい。ところが乗船してみると何ということはない、開会式で会った東欧からの同僚達が皆、同じくお忍びで、前方の席の大方を占めて騒いでいた。遠くからムハメッド氏が僕を手招きするので、僕は彼の横に座る破目になった。ムハメッド氏はアジア協会長で、その横に座ることは名誉なことだ。しかしそれは実は、僕の無名度と、ヨーロッパに住むうちに学んだ挑戦的行き過ぎのせいだった。昨日の開会式で氏の顔を見たとき、僕は思わず叫んだのだ。

「会長、覚えていますよ。去年の会議で素晴らしい演説をなさったのを」

　ムハメッド氏みたいな著名人は、余暇の時間には僕みたいな〝マイ・ネーム・イズ・ノーボディ〟を求めているのだ。

　会議付きの案内人は、ベルリンの新しい町作りの話をした後、皆の頭上で声をあげた。

「ベルリンにはプロヴァンス風のカフェが道に張り出しています、なぜでしょう？　そうです、一六八五年。ナント勅令の廃止の後、二〇万人のフランス南部の新教徒が旧教徒の迫害を逃れてここに住み着いたのです。一七一〇年代にはベルリン人の五人に一人はフランス人でした。今でも町の到る所にフランス系の名前が残っています。金髪のプロイセン人達は急に南仏の茶髪の人種が入って来て、始めは驚きました」

東ドイツが崩壊する直前の首相が、ド・マジエールと言うフランス系の名だったのを思い出す。

二時間の周遊の後、案内人は再び声を張り上げた。

「ドイツ語でバイ・バイとは何と言うか、皆さんご存知ですか」

「アウフ・ヴィーダーゼン」

ターバンを巻いた知性派シーク人が有無を言わせずに答えた。

「ウーン、悪くありません、悪くはないが……」

「グーテン・タッグ！」

小柄な男がオペラを歌うように大声をあげて立ち上がり、多数決で決めよう、と皆の同意を求めた。

案内人は「アア、イタリア人は手に負えない」と寛容に笑い返して相手にしない。

案内人の足元に座ったアジア人が几帳面に小声で何か言った。案内人は体を低め、耳に手を当てた。

「アウフ・ヴィーダーホーレン？　ハハア、貴殿はよくドイツで電話なさいますね、デュッセルドルフにお住まいで？」

「クリュス・コット。そんな訳はないな」

ある東欧からの哲学者が自問自答する。

「チュスです、チュス」

この幼稚なナゾナゾが終わり、皆の安堵の声が沈んだ。

「実はこれがもとはフランス語なのです。フランス語の〝アデュー〟」

ここで概して知的階層の、船上の観光客の注目が集まった。

「ドイツでは頻繁に〝チュス〟なる言葉が使われます、〝じゃ、また〟くらいの意味ですが、それはアデュー（永久にさよなら）から変形したものと言われています」

フランスでは、ジャック・ブレルがエミールへ歌ったように、あの世へ行くときによく使う言葉なのだが。

「皆様ご存知のようにドイツ人は幾つも長所を持っていますが（笑）、ただ不幸にして、自分の国の名を発音できません。〝ジャーマニー〟は〝チャーマニー〟になってしまう。だからアデューがチュスになっても不思議ではないのです」

僕はこの会議の呼び物講演会にだけは出席した。主題は「ヨーロッパでは些細な発明でも、権利として保護すべきか」

（アメリカ人弁護士）「ワラワラワラ」始めの一言二言に会場の所どころから、ハハハという慇懃な笑い声とチグハグな拍手が起こった。僕は何も判らず、冗談の判った参加者達の英語力に脅威を感じた。でも僕は気を持ち直した。アメリカ人は自分の言葉を使っているに過ぎない、僕は日本語でさえ話せるのだぞ。アメリカ弁護士は本題に入った。

「トリビアル（些細な）という言葉は、ウエブスター辞典によると、サトル（微妙な）という意味でもあります。だから、そういう発明でも特許として保護すべきです」

（イギリス人弁護士）「我々は特許の原則へ戻り、科学の進歩に貢献する発明なら、どんな小さな発明にも独占権を与えるべきだと思います。ある分野ではトリビアルでも、別の分野ではそうではないかもしれない。従って真の問題は、発明が些細かどうかではなく、些細な発明とは何なのかを討論することです」

（日本の著名弁護士、タナカ氏とする）「日本の制度は……と言う訳で、ユーザー・フレンドリーです」

持ち時間二〇分を一〇分越す。タナカ氏は紙を読みながら、イギリス語は淀みなく流れたが、問題がよく判らないので議長が介入した。

「すみません。ミスター・タナカ、そこで、発明に対するヨーロッパでの判定水準ついてはどうお考えでしょうか」

「従って、特許の水準は高すぎず、低すぎず、〝リーゾナブル〟で、人生に利益をもたらすものであるべきです」

「ところで、ミスター・タナカ、本会の目的であるヨーロッパでの発明の判定水準についてはどのようなご意見でしょうか」

「日本では特許庁と裁判所の判定水準が異なり、困っており、それが問題です」

「と言うことは、ヨーロッパでは今のままの水準でよいと言うことでしょうか」

「そうです、その通りです」

ドイツ人とフランス人の発言がないのは、ドイツは地元として議長をやったからだ。フランスは自分が組織する会議でなければ、あまり協力的ではないのが普通だ。

僕はタナカ氏の流暢な、しかし的外れの講演から自分を解離したく、小さくなり、途中から講演室を離れ、近くのサヴィニ広場のカフェで一息ついた。サヴィニという名も、フランスからの移民の名残りだ。この広場の近く、鉄橋の傍にあるイタリア式カフェに入った。ボーイになけなしのドイツ語で頼んだ。イタリア料理の何かを下さい。若い給仕は、イタリアかドイツか、と聞いてきた。僕はイタリアだ、と念を押した。ボーイはプロイセン人の規律と親切さで、イタリア語のメニューを持って来た。自分の言葉を使えないとどんな誤解が起こるか、僕は滑稽に思った。ボーイの姿が見えなくなると、僕はイタリア語のメニューをこっそりと隣テーブルのドイツ語のそれと取り替え、やっとカラマリ・コン・リゾットを注文することができた。

僕は電車の音を聞きながら、心に何かわだかまりが残っているのを感じたが、それが何だか判らなかった。

アメリカ弁護士は、最初の発言で人を笑わせるか人の気を惹かねばならないという、歌舞伎的な義務感を持つようだ。でも、イギリス語を話さない国民へ自国語のニュアンスを披露するなんて植民地主義と同じだ、少なくとも会議の目的とは関係ない。イギリス語の単語には幾つも意味がある。ＰＯＳＴと言っても郵便か地位か支柱かは判らない、どの意味が正しいかは文脈が決めるのだ。僕が「Ｋ

AMIという日本語には神、髪、紙などいろんな意味がある」と言っても、誰が相手にしてくれよう。しかし日本語では漢字で書けば意味が判るから、まだイギリス語よりは良い。

イギリス弁護士は、問題の提起が間違っている、と言いたかったようだ。しかも〝アメリカ英語〟との差をつけるためか、イギリス語はゆっくりと、ボッブ・マレーのレッゲイみたいに旋律と律動を付けて話した。そして何かの拍子に付け加えた。

「御注意！〝ザ・リベラル〟と言うとわが国では保守派ですが、アメリカでは進歩派を指しますから。〝パブリック・スクール〟も、こちらでは私立学校ですが、あちらは公立学校です」

イギリスの学校では〝アメリカ英語〟を学ぶクラスがあるそうだが、そのうちに自分のイギリス語を〝アメリカ英語〟へ合わせる努力を止め、世界中のイギリス語の方言から自分を守る努力をせねばなるまい。イギリスはフランスのアカデミー・フランセーズによる、フランス語が外国語に汚染され希釈されるのを守る努力をからかっているが、あと何十年もすると自分もイギリス語の〝アカデミー・アングレーズ〟を作らねばなるまい。

日本を代表するタナカ弁護士は、なぜあのような訳の判らない講演をしたのか。考えられるのは、タナカ氏が中国で講演した「日本制度」の原稿を流用したことだ。しかしあんなに頭のよさそうな人が。

ボーイの「カフェ?」という誘い声に呼び起こされ、僕は途端に何かを摑んだ。イギリス弁護士とタナカ弁護士を比べると、前者はまず何が問題なのかを問うのに、タナカ氏にはそれはどうでもよく、ただ持ち時間二〇分の義務を果せばよかったのだ。
僕等日本人にはこんな傾向がある。ある問題が与えられると、それが正当かどうかを考えず、問題の解決に突き進む。いわば自分を問題に馴化させ、回答を探す。それに対し、僕の経験したヨーロッパの試験では、回答の第一歩は問題の妥当性を判断し、場合によっては抗議することから始まる。何が問題かを発見すれば回答は自明な場合も多い。他人から与えられた問題に回答するより、自分で問題点を探し出す方が回答し易いし、回答への努力の負荷を減らせるではないか。
以下の会話は僕が経験した、パリジャン達とのチグハグな交流である。
僕「日本にははっきりとした四季がある。パリには夏と冬しかないだろ？　日本の春と秋は素晴らしい、自然の偉大さを感じるぞ。暑い夏と寒い冬をいかに耐えるかは問題だが」
リュック「それで、夏と冬はどうするのだ？」
僕「夏には風りんを付けるし、肉体活動を減らす。冬にはコタツを立てて部屋にこもる。つまり自分の生活を季節に適応させるように努力する訳さ。苦難を耐えながら自分を自然の流れに合わせるのが一番さ」
リュック「しかし問題を考え直したらどうだ」
僕「と言うと？」
リュック「自分を自然に慣らせるのではなく、自然を人間に住み易く変えるのだ。こうして冷房や暖房が発明されたのさ」

確かに、そんな装置を発明したのは西洋人だ。

僕「日本人はアメリカ人やスイス人より休暇を取るようになった。お陰で大晦日やゴールデン・ウイークやお盆には大変に混雑する。だから問題は、如何にして早い時期に旅行を計画し、他人より先に切符を予約するか、となる」

マチュー「勿論ヨーロッパでも休暇のときは道路も汽車も混むよ。でも本当の問題はどのようにして他人より先に切符を買うかではなく、人の動きを分散することではないか。そのために、学校の休暇を地域によりずらし、夏を避けて有給休暇をとる人にはボーナス日を与え、週末外に旅行する人には切符を三割引きにする。退職者や学生は安い時間帯を利用すればよいのだ」

僕「パリの冬では、夜が八時半に明けて仕事へ向い、暗くなる五時に家路に向う。夏になると朝の五時に明け、夜の九時に日が沈む。夏の間は時計を一時間遅らせ、朝八時半を九時半とすれば、一日の活動を一時間早めることになる。かくして電力の消費は倹約できるし、夜は一時間長く楽しめる」

反対派「夏時間を作ると動物が順応できず、牛乳の生産が減るぞ。止めた方がよい」

ジャック（日本に住む）「日本では冬は六時半に夜が明け、夕方五時に暗くなるが、夏には四時半に夜が明け夕方七時に暗くなることを知っているか。日本の問題は夏時間で活動を一時間早く始めるかどうかではない。本当の問題は、世界の時間がヨーロッパの一端にあるグリニッジの生活に合わされていることさ。そこでは朝の九時、日の出と共に仕事を始め、世界中の人間も一定の時差に従い同じ九時に仕事を始めることを想定している。ところが日本の緯度はヨーロッパよりずっと低い。日本もヨーロッパみたいに一時間違いの夏時間を作るかどうか、この問題は的外れだ。本当の問題は九時に仕事を始めるという習慣だ。それを止めることさ。本当にエネルギー節約を目指すのなら、仕事開始時間を今の九時から冬の夜明けの七時へ早めるか、又は現在のグリニッジ標準時間からの差を九時間から一一時間へ伸ばし、今の朝の七時を九時にしてしまうことさ。夏時間冬時間は関係ない」

僕「でも今のままで構わないと思うよ。日本人は太陽の下での朝寝の術を会得したし、朝のジョギングも気持ちがよい」

ジャック「それは日本人が自分をそのような生活態様に馴化させてしまった結果だよ。しかも朝のジョギングの代わりに、夕方は六時から電気を点けて残業する。これは自然じゃない。太陽と共に起き太陽と共に寝るのが生物としての本来の姿だ。しかも、一日中で頭が最も働くときをジョギングに費やすということは、社会的には大きな損失だよ」

欧州人は六〇歳に近づくと、若々しく働き続けるという幻想をすて、目標を変え、定年の準備を始める。それに対して東洋人は年を取っても目標を変えず、若者のように働き続けるのを夢とするが、それが自分をどこへ導くのかは考えない。これはアジアの教育法に由来するのだろう。問題自体に〝問題〟がないかどうかには頓着せず、ただ与えられた問題の答えを出すことに熱中する。西洋と東洋の差が象徴的に現れるのは、生徒の学力の国際比較だろう。評価法はヨーロッパ人が考案したのに、良い成績を上げるのは概して韓国や日本やシンガポールからのアジア人だ。

フランスのエリート校〝エックス〟の二人の女学生が企業政策に関する卒論のため、大企業の指導者連へアンケートを送ったが、答えが型に嵌ったものばかりなので、作戦を変えた。二人は勝手に学説を作り、それをハーヴァード大の著名な教授の説として紹介し、指導者連へアンケートを送った。そしたら今度は真面目な答えが返ってきた。卒論の発表会では、担がれて苦笑する顔、不愉快な顔、不運を嘆く顔。しかし大多数の審査官は大笑いし、彼女達は一番の成績で卒業した。

　彼女達は通常のアンケートでは何が問題なのかを検知し、やり方を変えて成功したと言える。もし通常のアンケート法に固執すれば、枠に嵌った質問群が呈され、枠に嵌った回答群が集計され、分類され、最終的には最初から予想される常識的な統計が得られたことだろう。日本で手にする文書には、何とそのような統計が多いことか。

　ベルリンは人口の五分の一まで外国人を受け入れた寛容な町だった。このカフェのボーイもパリに比べると何と親切で人間性のある若者か。新しい町は湖や緑や運河と自然に交わり、人間の知恵と、ドイツ人の理性を感じる。パリと違い、僕が横断歩道に足を入れるや否やあらゆる車が止まってくれる市民性。そんな人達がどうしてまた、ヒトラーみたいな（エヴァ・ブラウンによれば）睾丸が一つしかなく、そのせいで性格が倒錯し、グロテスクになった人間に操られたのだろう、たった六〇年前の話だ。今の僕は幸せだ、一五ユーロ、このカフェの食事もユーロで払える、フランからマルクへ換金する必要はなくなった。このユーロもドイツが世界に誇るマルクを犠牲にし、欧州通貨を作るのに貢献したから実現したのだ。もうヨーロッパの運命は一つになった、戦争もできまい。まだ瞼に浮かぶ、一九四五年の写真。二〇歳前のまだあどけない女性、体を長椅子に斜めに横たえ、白いばかりの金髪を肘掛に仰向けに持たせ、青いはずの目は閉ざされて深い影りを作り、唇は笑うように半開き。その自殺体は戦時の厚いコートに包まれ、その左腕にはナチスの腕章が張り付いていた。これはライプチッヒでの、リー・ミラーの撮った写真だ。もしこの女性が自殺しなかったなら、今は皺くちゃの八〇歳だろうが、少なくとも六〇年続く平和な後世を味わえたのに。人間は皆が消えてなくなるとは言え、運のある人とない人がいるな。

エリーチズム

カフェ・ド・ラ・コメディにて。参事院の前、パリ一区

エリーチズム（選良主義）という言葉はイギリス語、フランス語、ドイツ語で共通だが、良くも悪くもエリート主義を臆面なく実施しているのはフランスだろう。略称でエナと呼ばれる学校は、毎年百人そこそこの学生しか入学できない。そこを一五番以内で卒業した二五歳前後の若者達は財務査察局、参事院、会計検査院のどれかに就職し、ルイ一六世時代のような優雅な宮廷生活を送る。僕はこのカフェから、目の前に冷たく封鎖された参事院の門を眺めながら、その後ろで今日も法律案を練り、政府への勧告書を準備しているに違いない少数のエリート達に思いを馳せる。そしてふと思う。日本なら同じ量の仕事のために、何十倍もの高級官吏が互いに牽制し合いながら働いているに違いないが、極端に精鋭主義のフランスの方が日本よりうまく運営されているという証拠はあ

るだろうか。そんな疑問に、技術系エリート校に一点の差で入学し損なったが中堅会社の副社長になったミッシェルはあっさりと答えてくれた。「エリート主義は合理主義さ。国の中枢的な仕事は少数の知能の華に任せ、国をうまく運営させ、凡人は成果を享受すればよい。凡人が無理にエリートになろうと努力するのは無駄で、その代わりに地中海で一カ月の休暇を楽しめばよい。これはエリート主義のお陰さ」

フランスのミッシュランという会社は、自動車のタイヤを生産する他に、ヨーロッパの町や史跡やレストランに評価の星を付けて廻ることで知られている。レストランに関しては、ミッシュランが選んだエリート食通がヨーロッパのレストランを食べ歩き、料理の評価を星の数で、店の雰囲気をフォークの数で示す。

二〇〇七年始め、ミッシュランは『日本』なる案内本を出版した。そのために日本へ五人のエリート検査官を送り込み、日本中を食べ歩かせた。彼等は東京では一五万軒に近いレストランで試食して回り、数カ月後には東京のレストランの評価書を発行した。

アメリカにもレストランの評価法がある。ザガットと言い、ザガット氏が考えだしたものだ。一般人があるレストランへ行き、おいしいと思ったら投票し、一定の評判を得たレストランにはザガット認証を与える、という方法だ。

フランスでは日本食が発展した。これまでは中華と東南アジア系の料理が大衆食の王様で、パリには中華街が何箇所もできた。ところが中国からの不法移民が増え、彼等が闇商売を始め、冷蔵庫もない借家で春巻や餃子玉を作り、それを中華料理店へ売る商売を始めた。テレヴィが不衛生的な闇商売の現場を何回か放映し、安い中華料理店へ行くお客が減り始めた。中国系は中華店を閉め、評判の上がる一方の日本料理屋へ変身した。しかも中華系の日本料理屋は安い。魚卸し業をやっている友人は、その事情を説明してくれた。

「彼等は魚が新鮮で値の張る間は買わず、鮮度が落ちて安くなるときを待つ。寿司を作るにも、時の経過に鈍感な鮭を多く使う。確かに、値段と美味しさの妥協点が商売どころだから、それでよい訳だが」

かくして中国系やユダヤ系の経営する日本料理屋が日本人経営の日本料理屋を駆逐しだし、今ではパリに約六〇〇軒ある日本料理店で、日本人が経営する店は一〇％、つまり六〇軒そこそこに過ぎない。誇り高い僕等パリの日本人は、〝似非《えせ》〟日本料理屋を無視し、高いお金を払ってでも残り少ない〝真の〟日本料理屋へ通い続けた。最後には質が勝利するはずだと信じながら。

フランスやアメリカにない日本の特異性は、ここで日本政府の出先機関が出てきたことだ。自分の文化が侵害され始めたと考えたせいだろう。そこで概ね次のような布令を発表した。

「正当な日本料理店を自負する店は日本政府の当局へ申し出るべし。それに対して当局の評価委員会が推薦証を発行する」

しかし今の世界では政治的に正しくあるべきだから、日本料理のシェフは中国系、韓国系、ユダヤ系、どんな外国系でもよい。もちろん当局は、

「この〝推薦〟は〝助言〟にすぎない」

と強調する。でないと突飛なフランス人が相手だから、推薦店が不味《まず》かったという理由で裁判沙汰にまで巻き込まれかねない。特にフランスの消費者達は、アメリカ式の〝同志者団体による提訴〟（クラス・アクション）の法制化を図っているのだ。

フランスのやり方には、味覚分野のエリートが一般民衆の代りに味を判定し、民衆の水準を引き上げようとする指導意識がある。アメリカのやり方では一般民衆の自由な考えが尊重され、味の分野でも民主主義を反映し、民衆が総意で味を評価する。

ワインに対する態度もそうだ。フランス人は、最高のワインは特定の場所（できればフランス）の〝テロワール〟（土壌と気候）からしか生まれないと信じている。逆に、アメリカ人やオーストラリア人は、異なる土地の葡萄を混ぜて味の安定したワインを作ろうとするし、ドイツ人は、種々のフランスワインを調合して米国消費者の嗜好に合うワインへ作り変える技術さえ持っている。何と前者がエリート的で、後者は民主的なことか。

日本のやり方はまた異なる。民衆は自分で主導権を取るより官庁の先導を待ち、その保護を期待する。またこの小さなパリで、日本料理の質に順位を付けられたり独創性を評価されたりすれば、小さ

な共同体の調和が途端に破れる。だから官庁には一定品質の保証に専念して貰い、日本料理屋の間での変な競争心を煽って貰わない方がよいのだ。

フランスのエリート的発想は、民衆の平均的な考えなんかは眼中に入れないから、自分の判断より評判に頼り勝ちな僕の考えからは完全に外れてしまう。東京の界隈の評価では新宿、渋谷、原宿は一つ星に過ぎず、浅草、銀座は二つ星、上野界隈は三つ星となる。恐らく上野は公園の空間と文化的な博物館により星が上がるのだろう。京都では二条城は二つ星なのに、三十三間堂や大徳寺は三つ星となる。奈良では奈良公園周辺は二つ星なのに、法隆寺周辺は三つ星となる。

フランスでは食道楽の分野でまでエリートが養成されるのだから、教育制度になると更にひどい。民主主義に反する、僕はそう思っていた。だが今は少し考えが変わった。結局エリート主義の良し悪しは、どのような人をエリートに選ぶかによる、と思い始めた。フランスは真に視野と指導性のある人をうまく上へ運び上げるのがうまい。日本でもエリート主義の良い点を見直し始めたらしいが、重要なのはエリート主義を謳歌することではなく、まずエリートの資質が何かを定義し、その資質を持つ人をいかに要領よく上へ導くかの問題だろう。

外国では、しばしばエナ（行政学校）がフランス最高のエリート校として挙げられる。しかしそれは半分しか本当ではない。技術系では俗称エックスと呼ばれるエリートの総合技術学校があり、ここを一〇番以内で卒業した者は〝鉱山職団〟と呼ばれ、エナの〝長靴組〟に該当する超エリートとなる。エックス卒業生は例え鉱山職団になれなかった者でも、何人かはエナに無試験で入学できる。エナが大学院学校である所以である。

三〇年前にエナを卒業したフィリップによると、エナではどんな状態に置かれても何らかの解決法を見つけ出す訓練をさせられるが、逆に、基をなす事実の把握はあまり問題とされない。分厚い情報を数行にまとめ、早く決定を下す能力、できれば優雅な理論を使う能力が問われる。エナでは口頭が配点の三分の一を占める。口頭では名前も姿も顕わになる。だからフランスのエリートは試験官達の切込み質問にも狼狽せず、逆に彼等の気を惹くだけの人間的な魅力を必要とする。つまり日本のエリートがフランスのエリートになるには雄弁さだけではなく、パリ・モードで人前を行進するような度胸や魅力を持ち合わせなければならない。

フランスは高卒試験（バカロレア）に哲学が必須である珍しい国で、一連の入試は毎年夏休み前、哲学から始まる。理科系、文学系、経済系、技能系で問題が異なるが、何れも三つの質問から一つを選ぶ。そして何系に進学するかにより割り当てられる係数が異なる。文科系では哲学は重要だから、その係数は七と高いが、理科系では三と低くなる。文学系での今年の哲学の問題は、

「どんな自覚でも心を解放できるか」

「芸術の作品は他の作品と同じように現実の物か」

「アリストレスの……の抜粋を説明せよ」

正解は一つではなく、また思考過程が問われるから、受験者はいろんな仮定の下に、こうならああ、ああならこう、と分析し、自分の立場を決めて明解に纏めねばならない。〇×式ではないので答える

方も大変だが、採点する先生はもっと大変だろう。

　バカロレアの後、野心のある学生は一般には大学校（グラン・ゼコール）への入学を目指す。しかしそこを受験するには、まずバカロレアで良い成績を収め、準備学級に入学する。準備学校は理科系（工・農・獣医系）、経済社会系、文学系に分かれ、二年の間に一般専門と教養を勉強する。その成績により、選んだ系の大学校を幾つか受験する。だから準備学級は北大や東大の教養学部に似ている。ただ日本と違うのは、この二年の教養時代が人生を画するガリ勉時代となる。準備学級に入学できるのは全学生の約三％であり、受験競争の嫌いな残りの九七％は大学へ入学する。大学には高卒生なら誰でも入学できるからだ。大学校の受験生は一浪してもよいが、二回連続して失敗するか年齢が二一に達すると原則として受験資格がなくなる。結果的に大学校へ進学できるのは全学生の一、二％位だから、準備学級学生の半数以上は大学校進学を果たせないことになるが、彼等には大学へ編入する道が開かれている。

　伝統的に人気のあるのは技術系大学校であり、それを受験するには理科系の準備学級を卒業しなければならない。人気の理由は、基礎的な数学や物理に強ければ、後でどのような応用分野にも適応できるからだ。知的財産の分野でも、理科系の卒業者であれば特許と商標の両方の弁護士になれるが、法律系の者には商標弁護士の門しか開かれていない。

　フランスには約二〇〇の技術系大学校があるが、一学年の定員は、一般技術系学校の約四〇〇人から専門技術学校の一〇〇人前後にまでわたっている。これら大学校群は一七かそこらの集団に分けられ、同じ集団内では試験は共通であるが、集団ごとに異なる試験が異なる日に行われる。従って学生は少なくとも一七回は受験できる訳だが、試験は集団ごとに数日にわたるので体力的に厳しく、普通は自分の学力に合う五か六の集団を選んで受験する。最も有名な集団は三つあり、各々が一〇位の学校をふくむ。従って同じ集団内の約一〇校では共通の試験を一回だけ受ければよい。その結果を基に、各学校は独自性を出すため科目ごとに異なる係数をかけて総点を計算する。例えば慶応と早稲田が同じ集団に属するときは、試験問題は共通だが、採点のときに慶応は国語を重視して係数七をかけるが数学には係数三しか与えない。逆に早稲田は数学に係数八をかけるが、国語には係数四しか与えない、という調子になる。かくして同じ試験で慶応に受かるが早稲田に落ちる人、早稲田に受かるが慶応に落ちる人が生じる。両方に受かった者は好きな方を選ぶ。しかし両校の採点法が違うのだから、お互いに劣等感に悩むより、自分の学校の特異性を誇ることができよう。

エナは、既にエリート校を終えた秀才の中から毎年九〇人そこそこを選び、二年三カ月のあいだ行政や政治を勉強させる大学院学校に過ぎない。学生からの受験生は〝外募〟と呼ばれ、二七歳までの大学校や大学の卒業生が受験する。合格者の約九〇％は政治学院（俗称シアンス・ポ）の卒業者である。政治学院は高卒時にバカロレアで良い成績を得た学生を入学させ、三年の教育を施すが、言わばエナに入るための予備校みたいになってしまった。悲劇はシアンス・ポからエナに入れなかった者である。ドニとエリザベスとフランクは二回の失敗で受験資格を失い、今はそれぞれ競売吏、研究者、病院事務長となり、平凡な経歴を過ごしている。そこで、シアンス・ポがエナから独立して存在価値を持てるように、他の大学校に合わせてその修学期間が五年へ延長された。

エナはその超エリート主義が民衆からの反感を買い、それを緩和するため第二の入学経路が作られ、三〇から三六歳までの公務員の中から毎年約三〇人が募集されることになった。彼等は〝内募〟と呼ばれる。一九八一年には左派政権が生まれ、エナには更に第三の入学経路が作られ、組合、地方公務員、公益協会から一〇人が募集されることになった。第三経路は次に生まれた右派政権により廃止されたが、数年後に再び権力の座に戻った左派政権により復活された。しかし今度は衣を変え、私企業や地方公務員で八年以上働き、しかも三九歳になる前の者から一〇人を募集することになった。エナには更に、約四〇人の外国人が特定枠の中で入学できる。

いつも話題や批判の対象になるのは外募の九〇人である。エナの外募受験者は普通は二一歳から二三歳の間であり、西洋人の早熟さから言って既に各人の才能や性格は出来上がった若者である。特定の大学校（ノルマル・シュップやエックス）の卒業生は二人までは無試験で入学できるが、そのような若者はもともとエナに入らなくても成功する秀才である。エナの役割はそのような若者を更に上へ掬い上げ、政治的官僚的な教育を施すことにある。しかもエナを頭から一五―二〇番（数は年により変わる）の成績で卒業したブーツ（長靴）達は財務査察局や参事院や会計検査院に入り、彼等にはルイ一六世時代に戻るような優雅な社交界と華やかな生活が待っている。しかしエナ卒業生でもブーツになれなかった者の将来はそれほどバラ色ではなく、地味な高級官僚のまま経歴を終える者も多い。だからエナの内部からも革命の声が起こった。卒業試験の順位付けを止めよ、そしてブーツ制度を廃止せよ。

一方ではエナ卒業生の間での馴れ合い主義が問題になりだした。毎年九〇人そこその外募卒業生しかいないのに、例えば一九七八年入学組の政治地図を見ると、前左派政権の蔵相とスポーツ相、今の右派政権の首相と文化相、社会党の党首と同党の大統領候補など、つまり与党も野党も同じ学級仲間が丁丁発止しているに過ぎないのだ。

フランスの発言力が欧州連合の中で強いのは、歴史的に共同体構想を先導したという理由の他に、早くから秀才を頂点へ導く道を確立し、欧州へ優秀な政治家を送り出したという理由もあろう。イギリスにもオックスフォードとケンブリッジ（一緒にしてオックスブリッジ）というエリート校があるが、世界化の波で卒業生中の外国人の割合が増え、一五年らい国内指導者中の両大学出身者の割合が減りだし、その影響力が希釈されてきた。しかも両大学合わせると年に七千人もの卒業生を生むから、フランスの一〇〇人そこそこの水準ではない。ドイツは伝統的に大学間に差を作らず、学生は容易に転校でき、普通は幾つかの大学を転々とする。優秀な学生は大学ではなく、医薬学、建築、弁護士などの専攻を選ぶ。ドイツの実業界では若者は企業内の階段を一段ずつ這い上がり、資格を改善しながらトップに至る。しかし経済開発機構の調査によると、ドイツの大学の水準がイギリス、フランスに劣ることが判った。そこでドイツはアメリカを範にして、一〇校のエリート大学を設置する計画を立てている。

フランスの新大統領サルコジ氏はエナ出身ではない。高卒さえ覚束なく、補欠用の口述試験を通じて辛うじて拾い上げられ、やっと平凡なパリ大学のナンテール分校に入学できた。彼は勉強は得意でないが、超活動力に恵まれ、若い頃からシラク前大統領に取り入った。しかし一九九五年の大統領選挙ではシラク氏を棄て、世論調査で有利とされた対抗馬の方を支持した。結局はシラク氏が大統領になったので、サルコジ氏はトコトンまで干し上げられた。そこでサルコジ氏はシラク氏に反抗しながら、民衆に直接話し掛け、それをマスコミに報道させる作戦をとった。彼はエナ出身者みたいな流暢だが捕らえどころのない表現を使わず、郊外族との荒々しいやりとりを生放映させ、エナに反感を抱く民衆に受けた。シラク氏の意に反し、ついにはサルコジ氏はその異常な活力で与党の党首の地位を勝ち取った。

シラク氏はサルコジ氏に対抗し、忠誠なド・ヴィルパン氏を首相にした。だが、ド・ヴィルパン首相は内務大臣時代にシラク氏と協力し、当時の蔵相サルコジ氏を醜聞へ巻き込もうとしたという疑いが起こり、調査判事が調査を開始した。一九九一年に遡り、ミッテラン大統領の社会党政権時代にフランス製の艦艇が台湾へ売られたが、その見返りとして台湾からフランス人政治家に賄賂金が支払われ、それがリュクサンブルグ国の商事会社「クリア・ストリーム」の秘密口座へ払い込まれたらしい。疑惑によると、ド・ヴィルパン氏は秘密口座保持者の一覧表を入手し、それを偽造させてサルコジ氏の名を添加し、調査判事へ送らせ、サルコジ氏の大統領への野心を破壊しようとした。例え偽造行為がバレても、サルコジ氏が身の潔白を反証するには時間がかかり、大統領選の前哨となる党首選挙には間に合うまい、という計算だ。一方でド・ヴィルパン氏は何も知らない引退将軍のロンド氏を任命し、自分が偽造させた偽一覧表の信憑性を調査させ、ウソがばれないかどうかを見るという、マキャヴェリックな作戦を取ったといわれる。その後の調査では、一覧表を偽造してド・ヴィルパン氏の同意の下に調査判事へ送ったのは、エアバス製造の国策会社の指導者ジェルゴラン氏らしいと判った。しかしその影にはシラク前大統領の存在がちらつく。シラク氏は同国策会社の指導者にも自分の腹心を任命していたことを思い出す。

シラク氏とド・ヴィルパン氏は政治系エリート校のエナ出身、ジェルゴラン氏は技術系エリート校エックス出身、ロンド氏は武官系エリート校サンシール出身、何れもそれぞれの分野で世評の高い大学校の出身者達だった。

この事件の前からエナの評判は落ち続け、エナ受験の準備校シアンス・ポではエナ受験希望者は一〇年前の五分の一にまで落ちた。更にはエナの左遷を図る左派の夢がかない、エナは最近パリからストラスブルグへ移転した。サルコジ氏は大統領選挙でエナ出身のロワイヤル女史を破り、政府にはエナ出身者より弁護士や非欧州系や女性を優先して採用した。蛇足だが、フランスでは弁護士には失業者も多く、エリートの職業とは言えない。

このように、エナの栄光は普遍的ではないかもしれない。しかしエナは権力を追うのには慣れている。ストラスブルグにはパリの輝きはなくても、ヨーロッパ議会や他の欧州機関がある。エナはフランスよりヨーロッパに目を配り始めた。オックスブリッジはイギリスでの威光は薄れたとはいえ、ヨーロッパ議会ではその数の多さから秘密結社的な勢力を伸ばしてきた。それに対抗するにはエナしかない。しかもエナはパリ時代から、毎年数人ものドイツ人エリートさえ教育してきたではないか。

ヨーロッパのエリート競争は、各国の舞台からヨーロッパの舞台へ広がる。

コミュノタリズム

カフェ・エロラにて。デカルト通り、パリ五区

ある国の中で人種や文化や宗教ごとに異なる共同体群ができ、それらが互いの違いを主張しながら共存する。そんな現象はまだ新しいから、それを定義するフランス語〝コミュノタリズム〟は新造語だ。イギリス語なら〝コミュニタリズム〟とでもなろうが、まだ辞書には出ていない。ある日本人は〝多文化主義的共同体主義〟と定義したが、それは元のフランス語の簡潔さと旋律性に欠け、また判り難い。フランス人はそんな判り難さに出会ったときは「それは中国語だ」と叫ぶ。

キュリー病院。病棟への入り口には「カトリック、プロテスタント、イスラム、ユダヤ教、それぞれの神父や牧師のサーヴィスを受けられます」という張り紙がある。

フランスの大きな病院にはどこにもチャペルがあり、カトリック教徒はそこで愛する患者のために祈りを捧げることができた。他の宗教の信者は瞼を下げてそこを素通りし、下町の、自分の信仰する宗教の〝テンプル〟へ急いだものだ、実際、カトリックの祈禱所だけは〝教会〟（エグリーズ）と呼ばれたが、他の宗教のそれは〝教会〟ではなく、ひとからげに〝テンプル〟と呼ばれた。少し前までは。今はそうはいかない。イスラム教のモスク、ユダヤ教のシナゴグ、仏教やプロテスタントのテンプル。

妻が化学治療剤を体内に流されるのは一二時から三時間だ。僕はその待ち時間を潰すため、一人でムフタール通りの方へ食事に出掛けた。安そうなレストランを求め、道路を何回も曲がり、インドースリランカの店に入った。昼の定食一二・五ユーロ、アペリチフのキール酒付き。

前の席でアジア系だが色の黒い男二人と女一人がタバコを吹かしながらフランス語で大声で話していたが、時々異様な言葉を混ぜるので判らなくなる。急に男の一人は僕が後ろにいるのに気が付き、

「あ、ご免なさい、タバコを吸って構わないでしょうか」

僕はキュリー病院ですれ違った乳がんや肺がん患者、脱毛した頭を頭巾で隠した女性患者、鬘《かつら》をつけた金持ち患者達を思った。

「ウーン、いいですよ（しかたない）。僕に気を配ってくれるなんて嬉しいですね」

フランスでは公共の場でのタバコは禁じられ、レストランでは特別に「喫煙」と表示された席区域でだけは吸ってよい。来年から発効する全面禁煙の法を待ちながら。このレストランには「喫煙区域」の表示はない。

「失礼、どこの国から？」

「オーッ、僕等はフランス人ですよ、マイヨット島に住んでいる」

「いや、そうじゃないか、と思っていました。フランス語に僕みたいな訛りがない。マイヨット島とは、あのカリブ海の……」

僕は急いで取りつくろった。

「インド洋です、アフリカ大陸の東側」

後で判った。マイヨット島はコモロ群島の一つを成し、群島中の他の島々が時の民族運動に乗ってフランスから独立したのに、この島だけは独立運動に参加せず、国民投票の結果フランスに残る方を選んだ島で、人口二〇万人。今では周辺の独立した島々に比べるとずっと豊かで、周りの新独立国からの密入国者が絶えない。フランスの領土内に入ると病院は無料だから、妊婦が密入国しフランスで無料出産する。フランス領土に住む子供には学校は義務教育だから、例え密入国者の子供でも学齢になれば無料で強制的に学校に入れられる。子供の権利は親の行為とは関係ないからだ。だから周囲の島々の者には、マイヨット島へ密入国し、できればそのまま島の住民の間に消え隠れてしまうのが理想らしい。

褐色の男が小さな花束を持って入ってきて、二人の男に、花はどうか、と突き出した。男達が知らん顔をしたので、花売り男は僕と、店の奥にいた別の男を一瞥したが、そのまま店を出て行った。勝手に店に入って花を売る職業はインド系の人間が独占している。インド系でもフランス共和国民に違いない。女連れの男にしか声をかけない頑なさには、デカルトの影響が感じられるからだ。そう言えばシャンゼリゼのマロン売りにもインド系しかいない。他の人種を排除して独占を守るための不文律があるのか、又は地下の組合が結成されているのか。

前の建物の木戸から老人が出て来て、ツカツカと僕のいる店の奥に入り、店主のインド系と話しだした。戸口を空けたままだからそこの住人に違いない。老人は戻り際に僕に目を付け、

「日本人？　貴殿、クニオ・ツジをご存知ですか」

「東洋語学校の先生なら、ええ、名前だけですが」

「ここに住んでいましたよ」

前の建物はデカルト通り三七番。画廊と骨董屋が兼用されており、気を付けて見ると、正面の白壁の上に小さな石札で、

「日本人作家クニオ・ツジ、ここに一九九〇年から一九九九年まで滞在」

「奥さんと共にこの店の上に住んでいました」

「こんな庶民的な場所に住むなんて、よほどパリが好きだったのでしょうね」

「それればかりか、〝価値〟のある人でした。隣に住んでいた人と同じくらいに」

それから顎を隣の家の方へしゃくった。隣の家は三九番地、

「詩人ポール・ヴェルレーヌ、この家で一八九六年一月八日に没す」

ヴェルレーヌの石札はツジのそれより大きい。ツジ氏はヴェルレーヌのせいでこの家を選んだのかもしれない。

僕にはキュリー病院への帰り道が判らなくなってしまっていた。店主のインド人に尋ねると、彼にはキュリー病院など別世界のことのようで、考え込んでしまった。彼はイギリスから流れて来たインド人だろうから仕方がない、と僕は思った。

「それなら、セーヌ河とパンテオンの方角を教えて下さい。後は何とか判るでしょう」

店主は向かい側の家を指差した。

「その家が三七番で、その右の家が三九番、だからセーヌは左側のあっちの方だよ」

「確かで?」

彼は目の前のデカルト通りに踊り出て、胸を反らせて左側に背を向けた。

「パリの通りは全てセーヌ河に背を向けて、左側が奇数、右側が偶数、セーヌに近い方から番号を付けていく。これがパリさ、オスマン男爵が計画的に作った」

僕は間違っていた。彼もフランス生まれの共和国民に違いない。彼は自分の知識に自己満足してからは、急に僕に親近感を示しだした。

「俺はこの区域は大好きだな。今では家賃が高くなって、原住民もいなくなったし」

「原住民？」

「北アフリカの人間さ。ところで君、もしインド料理が好きなら、ブラディ通路へ行ってみたらよい。そこにはインド料理屋しかない、どこもかしこも。従兄弟の店もそこにある」

かくして僕はコミュニティの偉大さの一角に触れた。

ヨーロッパの日本人はコミュニティ志向のない稀な少数人種だと思う。僕が日本人と他の東洋人を見分ける方法は、道をすれ違うときに笑みを浮かべて相手を見つめることだ。日本人であれば顔を背けるか目を伏せるが、他の東洋人なら笑顔を返してくれる。ムッシュウ・ツジもここに密かに住みだして、日本人とすれ違うと目を伏せて知らない顔をしたのかもしれない。パリに住んでまで日本人と交わろうとは思うまい、彼のようなインテリは。

僕の知る限り、インド人街はパリでは新しく、まだフランス語の覚束ないインド人も多い。僕の事務所の掃除婦はインド人だが、旧ポルトガル領のゴア出身だから、ポルトガルの旅券を持ち、ポルトガル語を話す。ゴアから一度ポルトガルへ入ってしまうと、そこは欧州連合の中だから、その後はどこへでも移動できる。パリの建物の管理はポルトガル人がほぼ独占しているから、ゴアのインド人は彼等経由で、ポルトガル語を話しながら、パリの事務所や建物の掃除をする。

〝エロラ〟の店主は外国人の僕の好奇心を読み取ってくれた。

「僕はポンディシェリから来た、今のインドさ。フランスのインドの旧領地は他にもある。シャンデルナゴール、マエー、ヤナオン、カリカル。一八世紀半ばには、デュプレックスがマドラスを含め、インドの三分の一ぐらいを支配下に置いた。その後にイギリスに負けさえしなければなあ」

デュプレックスの名は今ではメトロ六番線、エッフェル塔近くの駅の名前として知られる。結局、〃エロラ〃の店主はインド生まれだが、フランスが第二次大戦後に旧領地をインドへ返還したときに、フランス共和国民になる方を選んだ愛国者だったのだ。

僕の家の窓から、真ん前にスポーツ用具店〃デカトロン〃の入り口が見える。三人の用心棒がおり、盗みや万引を見張っている。三人とも〃ブラック〃だ。店の用心棒に黒人が多いのは、盗人の大半が〃ブラック〃か、〃カフェ・オ・レ〃か、アラブかの郊外族だからだ。もし用心棒が白人だったら、疑いをかけられたブラックが用心棒を「人種偏見者」と叫び出し、通行中のブラック達が三々五々と集まり、暴動を引き起こし兼ねないからだ。感覚的に言えば、ブラックとは僕より頭ひとつ大きい、サハラ砂漠より南の黒アフリカ出身の大漢を意味し、カフェ・オ・レとはカリブ海出身のブラックと白人との混血、アラブとはサハラ砂漠以北のアフリカ人を言う。ただ今のフランス社会では、フランス語で黒人と呼ぶのは避けるべきだ。フランス共和国にはフランス人という人種しかあるべきではないからだ。どうしても白人と区別せねばならないときは〃色の人〃、最近では〃多様性の人〃とも呼ぶ。若者ならイギリス語で〃ブラック〃と呼ぶ者も多い。僕だって日本語の衝撃を和らげたいときは外来語を使う。性を語るときは〃セックス〃という言葉しか使ったことがない。その上、ブラックという表現は昔の〃ブラック・イズ・ビューティフル〃運動を思い起こさせ、余り否定的な印象を与えない。

フランスのブラックの多くはお祖父さん、曾祖父さんの時代からのフランス人なのだから、僕みた

いに欧州に来て間もない外国人に、

「貴方はどの国から来たのですか」

と聞かれたら頭にくるだろう、だから人種のことは話に出さないに限る。肌の違いは歴史上の事故に過ぎない。

最近デカトロンの前の舗道に、二〇歳ぐらいの暗い顔色の男が現れた。通りの真中に膝を付いたまま、ニコニコしながら通行人を呼び止め、賽銭箱を差し出す。僕は毎日そこを通るので、通行税と思い二ユーロをあげた。その週末、そこから少し離れたテルヌ広場で〝ビッコ〟をひき杖を突きながら歩く、髭もじゃ中年男に呼び止められ、夕食のため一ユーロくれ、と頼まれた。僕は昔ある女に呼び止められ、話を聞いている間に横にいた子供に盗まれた思い出があるので、周りを見渡して急いで体を引いた。デカトロンの反対側の舗道の向かいに、デカトロンの前でみかける青年によく似た少年が現れた。通りの端に受け銭皿を置いたまま、目を伏せている。そこから二〇メートルぐらい離れた所に頭巾で顔を隠した中年の婦人が現れ、太った片足を道に投げ出し、頭を上下しながら銭皿を突き出してきた。通り過ぎた後、婦人が何か怒鳴り出した。僕に対してかと思って振り返ると、婦人は人通りの切れ目を見て、向こうの少年へ何かを指示していた。

次の週末、〝ビッコ〟の男が向かいの道から杖を空中にかざし、こちら側の少年と婦人に大声で何かを指示していた。ルーマニア語なのだろう。家族で物乞いを専門にし、少年はまだ見習い中なのだと判った。

今でも事務所への行き返りにその青年に会う。彼は僕の顔を見るとニコニコするが、僕は気分が重いので、今は彼の後ろを通ることにしている。僕と違って、この青年は雨の降る日や風の強い日には休む。彼等は昔は〝ジプシー〟、今は〝ロム〟又は複数で〝ロマ〟と呼ばれる流浪民で、多くがルーマニアやブルガリアから渡って来る。彼等はフランス人ではないから、以前は物乞いをすると国外へ追放されたが、ルーマニアが欧州連合に入ってからはそうもできなくなった。彼等もフランスで働く権利がある。

ロムは、十世紀、モスレムがインドを侵略したときに逃げ出したヒンズーの子孫と言われる。旅の民だから国境がない。欧州連合には六百万人、フランスに住み着いたロムはフランス人口の〇・六%を占めると推定されるが、彼等は常に移動するので正確な数は摑めない。しかし国民中の人口割合はイギリスやドイツより高いと考えられている。

欧州連合でのイスラム教徒は三・五%、フランスでは人口の九%を占め、ドイツの三・六%、イギリスの三%よりずっと多い。アメリカやイタリアやスペインの一%と比べても、フランスはイスラム教の影響をじかに受けている国と言える。

ヨーロッパにはユダヤ系は一五〇〇万人おり、フランスでは人口の一%、イギリスでは〇・五%、ドイツでは〇・二五%を占める。しかしアメリカの一・八%には及ばない。各国でのユダヤ系の割合は余り高くはないが、その影響力は強い。ヨーロッパ系と混血し、改宗し、脱宗教し、今ではユダヤ系に分類されなくなったユダヤ系も多いはずだ。

フランス人の一・七％は中国系、及びカンボジア、ラオス、ベトナム系（多くは華僑）と言われ、今ではヨーロッパで一番多い。アメリカでのアジア系四％（中国系一％）に比べればまだ少ないが。

パリの日本人はあまりコミュニティを作らない。これはフランスに対する日本人の曖昧な立場から来るのだろう。日本はフランスとの経済的な繋がりは弱く、植民地的な関係もなく、日本人はフランス社会の偏見や圧力も余り感じない。フランスの日本人は日本社会から抜け出した自由感を楽しみ、人種的な団結を示すよりヨーロッパ人の中に入りたいという願望が強い。表面的にはフランス人も他のヨーロッパ人も、日本人を特別扱いをしてくれるような錯覚を起こす。ちょうど、昔南アフリカへ鉱石を買いに出掛けた日本技術者が名誉白人扱いを受けたように。

中学にかよっているわたしの子供が、ヨーロッパの植民地主義を終わらせる発端を作ったのは日本だ、と学校で教わったと喜々として帰ってきたことがある。日本がヨーロッパの植民地主義を真似して、先生の西洋人達をアジアから追い出したことから来るらしい。当時の狂気や非業さや苦しみは歴史の上では一筆の解釈に纏められてしまうようだ。

僕の人生設計では僕は妻より先に亡くなることになっていた。外国人の僕が先に亡くなり現地人の妻が後始末をしてくれる方が効率がよい。もし妻が僕より先に亡くなったらどうしよう。買い物や、税金の申告や、ヨーロッパ人との付き合いはどうしよう。子供が結婚しようと言い出したら、妻なしでどうしたらよいだろう。妻とキュリー病院に通い始めて、急に不安が胸に湧きだした。僕には日本人の友人も少ないし、頼れるコミュニティもない。

ル・モンド紙によると、まだうら若いイギリス女性が乳ガンで六カ月の余命を宣告されたが、それから二年後、アメリカのサンフランシスコからニューヨークまで自転車で横断し、更にアイアンマンのレースで優勝し、イギリス女王から勲章を貰った。そんなニュースが何と僕を楽天的にしてくれたことか。家内のガン再発の発見から二カ月後の六月、フランスの国営テレヴィをぼんやり見ていると、突然その女性が現れ、瘦せ細った体で記者に答え始めた。名前はジェーン・トムリンソン。恐らく今年の夏は越せないと思いますが、私は最高に生きる努力をしました、後は神に祈るだけです。家内はテレヴィを見ていない振りをしており、僕は慌ててテレヴィを切った。やはり日本の福岡県の甘木の田舎に戻り、加藤君が薦めてくれるように、彼の新居にしばらく厄介になって将来を考えようか。

明日は家内と共に、保険会社との契約書に署名する。棺と葬式費用を全部含んだ保険。子供に面倒かけるのは嫌だから、お金があるうちに二人分の死亡保険に入っておこうという家内の考えだ。僕には、自分自身の死亡契約書に署名するのは日本を棄てた代償のような気がする。

エロラの店主の言に反し、パリの番地の付け方を提案したのはオスマン男爵ではなく、ピエール・ショデルロス・ド・ラクロだった。彼は一七八九年のフランス革命へ繋がる黎明の世紀の末期に生き、『危険な関係』の作家であるばかりか、ラ・フェール砲兵学校という数学系の秀才校を出たから、町の番号付けなんてお茶の子さいさいだったに違いない。この学校はフランス革命後にナポレオンにより「ポリテクニック」と改名され、今でも技術系で一番のエリート校として残っている。

ボン・ヴォワイヤージュ

カフェ・ド・ラ・ペッシュにて。ピリアック町、ブルターニュ

友人が旅立つときは、フランス語でもイギリス語でも〝ボン・ヴォワイヤージュ〟と言って見送る。ドイツでも〝グーテ・ライゼ〟と言う代わりにこの言葉を使う人がいるのに気が付いた。成田を発つときも、壁に大きく貼られたこの言葉が見送ってくれる。皆が旅行すると世界は狭まるし、皆が同じ言葉を使えば旅行も楽になる。

ブルターニュのピリアック海岸の風に玩《もてあそ》ばれるカフェに、約束時間の三〇分も早く着き、そこでミジョーを待った。テラスは太陽が強く、同時に海風が邪魔になるのでカフェの中に入り、開けられた

窓から水平線を眺めた。ヨーロッパの海岸は紫外線が強く、空と海の色の対比が激しいので、視覚の印象を刺激する。ヨーロッパ大陸は平坦で大まかだから、海岸線が単純な場所が多い。そのせいか目の前の視野がきれいに開き、地球が蹴鞠《けまり》のように丸く、また意外に小さいのが判る。これだけ水平線が丸く見えれば、誰かが東へ出発してシルク・ロードを歩き、インドで唐辛子を買ったと聞けば、別の者が船で西から回ってインドに行き着こうと考えるのも手頃な賭けと思われる。

ミジョーの夫ジャックがドイツ国境に近いヴォージュ山中の小さな町で木製家具の会社を営み、退屈しのぎに町長をやっていたが、心臓発作で急死した。五〇歳だった。その直後、ミジョーはストラスブール市の大店舗のアメリカ式駐車場で、四〇年前の少年少女スカウト時代の仲間ベルナールにバッタリ出会い、彼が男やもめだったことを知った。片ややもめになったばかり、片や男やもめ、二人は数カ月後に同棲を始めた。ミジョーの二人の子供は既に結婚し、ミジョーには五人の孫がいる。

「どうせ、ジャックにはあたしの裏に女の子がいたのよ、彼は男前だったもの」

ミジョーは夫の死から間もない自分の立場を正当化する努力もしなかった。

「だから今度はあたしの番よ、あたしが楽しむ番よ」

フランス女性の愛すべき点は、本人の心はロマンチックなのに、他人に対しては情緒もなく、現実的なことだ。だから人生を楽しむ術を知っている。自分の欲望を我慢しつつ終局目的の死に近づき、それから後悔するほど愚かなことはないことを知っている。

僕は何年も前の夏休みにこの町でミジョーと知り合った。ジャックはいつも庭仕事に熱中し、僕に一顧もしてくれなかった。ミジョーは外国人である僕に興味を持ち、僕が知らん顔していても話し掛けてくれた。ミジョーは両親が離婚した後、ジャックとこの港町に家を買ったが、ジャックが町長になってからそれを売り、ヴォージュ山中で会社を始めたのだ。今やジャックが亡くなったので、新しい連れのベルナールを幾分かは唆《そそのか》し、思い出のこの町に家を買ったばかりだった。

「ケン、面白いことがあったわよ。こないだパリの母が亡くなったでしょう？　ほら、リヴォリ通りに住んでいた母よ。母の残した書類箱を見ていたら、銀行ロイズに委託した資産の証書が出てきたの。ケン、あたしの先祖はスペイン人だったらしいの。スペインの王様に嫌われたので、チリの副王に任命され、そこへ流された。彼はお金持ちになったけど、家族内の争いに愛想を尽かし、遺産は五世代後の子孫へ直接譲る、と遺言し、資産をロイズに委託したらしいの。その五代目があたしの父親に当たるのよ。母の書類の中に遺産贈与の証書だけは残っていたけど、子孫の間の争いで肝心の遺産はどこにあるか判らない。多分、裁判所で訴えてもお金がかかるだけでしょう？　そのうえ誰に対して訴えるのかも判らない、親戚なのか、ロイズなのか。ケン、どう思う？」

そう言われても僕に判るわけはない。彼女は僕がインテレクチュアル・プロパティ（知的財産）関係の弁護士になったとき、インターナショナル・プロパティ（国際財産）と誤解したことがある。

しかしロイズと聞くとピンと来た。コーヒーは一六五〇年ごろにヨーロッパに入り、カフェの経営が始まった。新聞のない時代、歴史的にはカフェは情報交換の場所だった。カフェはその時期のインテリの公会堂となり、そこで情報交換がなされた。政治家、実業家、作家、科学者などに専門化したカフェさえ現れた。

ロイド氏の開いたカフェは船乗りの集まる場所となった。船乗りや船の所有者はそこで最新の海洋事情を知ったり、船の競売をやった。エドワード・ロイド氏は手書きで告知板を発行し始めた。東南アジアの香辛料の買入れに出航する船軍の主や、船の危険を分担する保険主達が会合し、保険主達はカフェの中に机を常置するまでになった。ついにはそれらの保険主達が集まって海洋保険会社を作った。それが今はロンドンのロイズだ。一七七三年頃、別のカフェには株のブローカーや仲買人が集まり、それが後にロンドン株取引所となった。

実にビジネス・モデルはこの頃に発明されたのだ。ただ、今みたいにそれは特許としては保護できなかった。

一六六四年、つまりニュートンが科学者や哲学者のカフェに通っていた頃、近くの海洋取引専門のカフェでは、客は香辛料を買いに出航する船に保険をかけていた。そして、フランスの大蔵大臣コルベールは東インド会社を創設した。

一八世紀、フランス人のピエール・ポワーブルは、ナツメッグというヨーロッパ人の好む香辛料の種をオランダ植民地バンダ群島から盗み、気候が似ているフランスの植民地で胡椒の栽培を始めた。インド洋にあるマダガスカル島やレユニオン島やモリシャス島、カリブ海にあるグアドループ島やマルチニック島。かくしてオランダによるナツメッグの独占は破られた。それ以来、胡椒はフランス語で〝ポワーブル〟と呼ばれ、それはイギリス語に訳されて〝ペッパー〟となった。

香辛料一般への需要が深まったのは一五世紀に遡り、〝シルク・ロード〟みたいな、〝スパイス・ロード〟さえでき上がった。ただ、香辛料産地のインドネシアやインドや中国と、消費地の西ヨーロッパを結ぶ道の中間には中東国があり、そこのアラブ商人が商売を独占していた。その独占を破るため、ヨーロッパ人は別の経路を探すことになった。まず、バルトロミュ・ディアスがアフリカ南端の喜望峰を回って東南アジアに至る経路を開発し、ポルトガル人が香辛料商売の競争に入った。ヴァスコ・ダ・ガマは更に新しい経路の開発を進めた。かくして東の経路はアラブ人が、南の経路はポルトガル人が制覇することになった。一六世紀の始め、ポルトガル人はインドネシアのバンダ群島に上陸し、世界のどこにもないナツメッグという香辛料の樹を発見し、バンダ群島を属領とし、その貿易を牛耳った。その状態はポルトガル人がオランダ人から追い出される一七世紀始めまで続いた。

地球は丸い。残りは西から回る経路しかない。

コロンブスはスペイン王家を説得して、西回りのルートを探索することになった。そしてインドの香辛料に辿り付く代わりにアメリカに到達した。アメリカはインドではなかったが、香辛料の豊かな大陸ではあった。

万有引力がまだニュートンの頭に隠れている一六六七年、イギリスと、当時のスペイン領オランダは条約を結び、オランダはアメリカのオランダ領ニューヨークをイギリスへ譲り、代わりにイギリスはインドネシアの香辛料産地バンダ群島の一端にあるルン島から手を引き、更に南アメリカのスリナムの砂糖栽培をオランダへ譲ることになった。しかしその後もオランダとイギリスの間でバンダ島の争奪戦が繰り返され、ついに一八一四年、バンダ島は最終的にオランダの領土となった。日本が上陸する一九四二年まで。

ニューヨークと、香辛料及び砂糖の交換で、オランダとイギリスのどちらが得したかは、後の歴史から明瞭である。

僕はテキサスの仕事仲間パトリックへ早速メールを送った。揶揄半分で。

「もしニューヨークがオランダ領地として残っておれば、アメリカの公用語は今頃はドイツ語かもしれない。なぜなら、一七七六年アメリカ独立のとき、ドイツ語はたった一票の差でイギリス語に負け、公用語になれなかったと聞いた。もしニューヨークがオランダの領土として残っておれば、オランダ語とドイツ語の近さから見て、オランダ人はドイツ語へ賛成票を投じたに違いない。そうしたら今頃は世界中でドイツ語を話しているはずだ。実に世界の流れは、上にいる個人の気まぐれと愚かな決定で決まってしまうものだな」

パトリックの姓は間違いもなくドイツ系だった。

「一票の差でイギリス語がドイツ語に勝ったというのは歴史上の誇張さ。アメリカ独立後に連邦法をイギリス語で印刷し、その他にドイツ語でも印刷すべきかどうかが議会で討議されたらしい。確かに当時のアメリカでは国別に分けると、ドイツ系人口がイギリス系人口より多かったはずだ（アイルランドはイギリス語を話すけど、別の国だからな）。しかし、一票差で否決されたのは国語の選択の問題ではなく、連邦法をドイツ語でも印刷するかどうかの問題を会期持ち越しで再討論すべしとする動議が一票差で否決された、というのが真実さ。ドイツ語がイギリス語に取って代わるという問題ではない」

歴史は単純な方へ、判り易い方へと書き換えられるものだ。僕は話題を軽薄に持ち出したことを後悔した。

「パトリック、君はドイツ系のアメリカ人だったな。ときどき考えないか、もしアメリカがドイツ語を話していたら今ごろ世界はどうなっているか」

「確かに近代の歴史を決めたのは、アメリカがイギリス語を話すようになったことだと思うよ。もしアメリカがドイツ語を話していたら二つの世界大戦でドイツ相手に戦ったかどうか疑問だし、少なくとも今の英米の特別関係はないからな」

イギリスのカフェ文化は商業と自由主義の発展に大きな役割を果たし、情報交換として科学の発展に大きく繋がった。

それに対して、フランスのカフェの歴史は政治的だ。フランスは国家権力が強く、カフェで得られる情報には制限がかけられた。しかしカフェが閉鎖されることはなく、逆に政府はスパイを送り込み、公衆の意見を摑む手段として利用した。パリのカフェでは政府に対する賛成論も反対論も、あらゆる情報を読むことができたからだ。フランスの統制主義や政治的な駆け引きの伝統はカフェの文化を利用することになり、フランス革命分子はパリのカフェ・プロコープに集まり、一七八九年の革命を図ることになった。

ドイツのカフェの歴史は著しく分析的だ。一九世紀の始め、ゲーテはライプチッヒのカフェの常連だったが、不眠症に襲われ始め、友人の化学者ルンゲに原因物質の分析を依頼し、原因のカフェインを溶剤で抽出し、それから脱カフェインコーヒーの歴史が始まった。

しかし溶剤でカフェインを抽出するとコーヒーの香りまで消してしまう。だから今では、コーヒー樹の中でカフェインを作る遺伝子が発現するのを妨げるために、リボ核酸を干渉させることが考えられるまでになった。

そんなことをぼんやり考える場所としてはカフェしかない。しかも安い費用で考えるには〝亜鉛に肘を付く〟のが一番だ。伝統的なカフェではカウンターが亜鉛板でできており、そこで立ち飲みすると給仕へのサーヴィス料が倹約できるからだ。土地の人はカフェを利用する頻度が多いから、それを利用するのが普通だ。

ブルターニュからパリに戻り、カフェ・ドレミに行った。ここは今は数少ない伝統的なカフェの一つだが、今日は陽当たりがよく、テラスに座った。カフェのギャルソンはまだ来ない。まわりのテーブルを渡り歩くギャルソンに合図しても、彼は知らん顔をしている。例によって、僕のテーブルは彼の担当ではないからだ。

右隣りのテーブルの客にサーヴィスに来たギャルソンに声を掛けても、まるで聞こえないように知らん顔をして行ってしまった。少し離れたテーブルに立ち止まったギャルソンは割に親切で、僕が手で合図すると、他のギャルソンを指で示した。そのギャルソンが面倒を見てあげるから、と言いたいのだろうが、口にはレシート紙をくわえたままなので、声も出てこない。

後で知ったが、カフェは効率を上げるために、テーブル毎に担当ギャルソンを決め、彼は自分の担当でないテーブルの客にはサーヴィスしないばかりか、話もなるべくしない。そして自分の勤務時間を百％使い、客を待たせ、犠牲にすれば、ギャルソンの労働生産性はそれだけよくなる。カフェの目標は最小のサーヴィスで最も高い利益を実現することだ。客に不親切でなければ週三五時間の法定労働時間を守ることができまい。これは郵便局の原理と呼ばれる。郵便局の窓口を一つしか開けず、客を長蛇の列の中で待たせるのだ。客が行列する間に、他の従業員は休みを取ってよいことになる。だから、休む人を除き、働いている人だけを対象にすれば、フランス人は効率がよい訳だ。フランスが世界で最も労働生産性が高いことは容易に理解できる。日本は先進国の中では最も労働生産性が低い。サーヴィスが親切すぎるからだ。

一九六〇年にはフランス全国で二〇万軒あったカフェが今では四万そこそこになってしまった。パリに関して言えば、多くの本社が郊外へ引越し、不動産屋はカフェを買収閉鎖して地価の高騰を予想して待ち、その上、ワインやビール・バーが繁盛し始め、今やカフェは一万軒以下になってしまった。それればかりか軽食店や、サンドイッチと紙コップ入りカフェの持ち帰り店では消費税が五・五％にすぎないのに、飲食店の分類に入るカフェでは一九・六％も取られる。フランスの政治家はカフェやレストランでの現場消費税を五・五％まで下げることを公約するが、今の欧州ではフランスは自分の一存だけで消費税を下げることはできない。ブラッセルの欧州委員会の同意を得なければならないのだ。

欧州委員会はそんな提案をにべもなく拒否した。フランスの努力は観光資源のカフェやレストランを救援するためだが、他のヨーロッパ諸国にはパリみたいな飲食と観光で生きる都市がないから、フランスの伝統的なカフェの衰退などには無関心なのだ。

しかし時間は待ってくれない。問題は五億年後には太陽が拡張して地球に近づき、地上の万物を焼き焦がし、地球を吸収してしまうだろう。まだ少し時間はあるけれども。

ユーデンランド

ブラスリー・ニエルにて。アヴェニュー・ニエル、パリ一七区

口にするのを憚る言葉は外国語で発音すると便利だ。フランスでもドイツでも、〃ユダヤ〃という言葉は禁句である。戦争中の罪悪感を呼び起こすからだ。〃ユーデンランド〃という言葉がドイツで使われるかどうかは知らないが、この言葉なら欧州の誰にでもすぐに理解され、欧州共通語となろう。〃ユダヤ人の国〃。

このカフェには、小さい円卓、座り心地の悪い椅子、五〇年代の暗い布笠の照明、左手にカフェ・エクスプレスを搾り出すステンレス箱やビールを放出する蛇口、それらを囲んだ調達カウンターがあ

り、蒸気と金属とコップの音が混ざり合う。外から見ると、このカフェは仕事と快楽の滲んだパリの雰囲気を感じさせたが、中に入ると恐ろしく座り心地の悪いカフェであった。それが急に改装され、栗色で軽快な椅子に変わった。

ブリジットはこのカフェのすぐ上、一九世紀の八階建ての二階に住んでいる。僕はカフェの上に住む彼女を羨ましく思っていたが、ある日彼女は僕に聞いてきた。

「どこか良いアパートを知らない？　引っ越そうと思うの」

「またどうして？　カフェの上に住める幸運なんて、そうないよ」

「それがね、カフェの料理が中東風に変わり、強い臭いが昇ってくるの」

そして付け加えた。

「ユダヤ料理みたいだけど」

数日後、僕は郵便局へ行った帰りにそのカフェに入ろうとして、何となく躊躇した。客には日に焼けた男達と、乱れなく膨らんだ金髪の女性達しかいないのだ。女性が皆金髪である訳はないから、鬘に違いない。僕は何となく違和感を持ったまま、皆から離れた場所に席を取った。椅子は座り心地がよかった。注意すると、店の庇の下に密かにヘブライ語が見えた。僕はユダヤ系の人達に囲まれている雰囲気を感じた。しかしこんな情況になったのは始めてではない。

廊下を挟む反対側の研究室はユダヤ研究室というあだ名があり、研究者も助手も全てユダヤ系、しかも東ヨーロッパ系のユダヤ系で占められていた。後で知ったことだが、殆どがフランスとイスラエルの二重国籍を持っていた。ヒルデスハイムは名前が示すようにアルザス地方か東ヨーロッパ出身で、イスラエルで兵役を終え、フランスに戻り、博士論文を発表したばかりだ。ヒルデスハイムは苗字であり、ちゃんとした名を持っているはずだが、彼の場合はなぜか皆が苗字で呼んだ。彼は主導権をとるのが好きで、いろんなことを提案した。しかし実現する段になると、彼はいつもイスラエルへ出発していた。僕が博士論文を書き終わったときに、ヒルデスハイムは僕に言った。

「二〇〇部ぐらいコピーが必要だぞ、外部でやるとお金がかかるから、夜にこっそり四階へ上り、そこの複写機を使えばよい」

ヒルデスハイムは自分でもそうやったのだろう。

ヒルデスハイムは東ヨーロッパから西上したユダヤ系フランス人で、一般にはそのようなユダヤ系はアシュケナジと呼ばれる。ヒルデスハイムは生い育った寒い気候のせいか、北欧人みたいに金髪で、真っ青な目をしていた。クローディンヌ・アマール嬢は同じユダヤ系でも、地中海周辺のモロッコから北上して来たユダヤ系で、髪は黒く、ほとんどアラブ人から区別できなかった。彼女のような北上組のユダヤ系はセファルディと呼ばれる。クローディンヌはヒルデスハイムとは別の、三人だけのユダヤ系研究室で働いていたが、僕の研究室には皆に共有の冷凍乾燥器を使うためにしばしばやって来た。彼女は僕の研究室の戸を開ける前には必ず鼻歌を口ずさみ、その到来を予告した。六人所帯の僕の研究室の同僚達に陽気に話し掛けるが、僕の研究室と向かい合うヒルデスハイムの研究室にはめったに立ち寄らなかった。

複写機に関するヒルデスハイムの進言について、僕はクローディンヌに聞いてみた。

「本当にそんなことをやっていいのかい？」

「赤毛が言ったのなら彼もケンと一緒に来て、手伝うべきよ」

そして前の研究室へ入って行った。その時に判った。ヨーロッパでは銀髪や脱色白髪はブロンド（金髪）と呼ばれ、ヒルデスハイムみたいな金髪は赤毛とみなされることが。日本での青信号がこちらでは緑信号と呼ばれるから、驚くことではない。クローディンヌは戻って来た。

「今度の金曜日の夜一一時よ」

金曜の夜、クローディンヌは赤毛の腕をひっぱりながら研究所に現れ、写しを二〇〇部作るのを手伝ってくれた。夜間作業のあいだ、赤毛の荘厳な、しかし情の薄そうな顔が僕の心を不安定にした。しかしその夜から何かが変わった。僕はそれまで、ユダヤ系研究室に近づくのが何となく怖かった。研究所全体の雰囲気がそうだったからだ。でも考えてみれば、僕がヨーロッパでヨチヨチ歩きを始めたときに僕を助けてくれたのはユダヤ人だけだった。僕のフランス留学のために推薦状を書いてくれたルデレ所長もアシュケナジだ。そう言えば、ヒルデスハイムの会話の中にはルデレ所長の名が敬意と共によく出てきた。

その翌週、クローディンヌは僕を自宅に招待してくれた。ご主人の他に小さな子供が二人いた。食事のときに夫婦間で鋭い火花と小声が交差し、その後クローディンヌは僕に尋ねた。

「ねえ、ケン、いつもと同じようにやって良いわよね、ケンは友人なのだから、ね」

ご主人と子供達はキッパ（ユダヤ人の帽子）をテーブルの下から取り出して頭に載せ、食事前の祈りをはじめ、僕は何も判らないまま大人しくヘブライ語のお祈りを聞いた。フランス語もろくに話せない僕を助けてくれ、家にまで招待してくれるなんて、僕も少しは努力しなければ。

クローディンヌは意外に、ヒルデスハイムのことを弁護して言った。

「ヒルデスハイムはえらく利己的だけど、良いところもあるのよ。ケンは六日戦争のこと聞いたことある？　ヒルデスハイムは休暇を取ってイスラエルへ行き、それに参戦したのよ」

六日戦争のことが急に身近に思い出された。一九六七年、イスラエルはエジプト、ヨルダン、シリア、イラクから成るアラブ・リーグを急襲し、領土を三倍に増やし、ユダヤ教、キリスト教、イスラム教の聖書の町エルサレムを併合した。この急襲作戦は真珠湾攻撃と前情況が似ていたが、ただアメリカは敵ではなく、味方だった。

ド・ゴールはイスラエルが自分の忠告を無視して開戦したのに怒り、イスラエルを非難して言った。

「エリートの民。自信に満ち、しかも横暴な！」

僕はド・ゴールが相手を非難するのに、なぜ〝エリートの民〟と持ち上げるのかわからなかったが、これはド・ゴールではなく、彼の信じるキリスト教の神様が決めたことらしい。何れにしろ、フランスとイスラエルの友好関係はここで終わり、この戦争を境にフランスはアラブ世界を支持するようになった。

今のイスラエルとアラブとの争いには歴史があり、その起源はフランスとドイツとの争いにまで遡る。一八九四年、フランス陸軍のアルフレッド・ドレフュス大佐はフランスを裏切ってドイツのためのスパイをしたとし、南米ギヤナ沖の悪魔の島に終身刑で監禁された。エミール・ゾラらはフランス陸軍のユダヤ人への偏見を糾弾し、監禁五年後にフランス将校達の策謀が暴露され、ドレフュス大佐は釈放された。

テオドール・ヘルツル。彼はユダヤ系オーストリア人で、ウイーンから新聞記者としてパリに駐在し、ドレフュス事件を取材し、ヨーロッパでの反ユダヤ主義の根強さを目撃した。彼はユダヤ教とキリスト教の和解を計画し、オーストリアのユダヤ系に呼びかけた。皆でキリスト教のウイーン大聖堂へ平和行進し、そこで集団洗礼を受けよう、と。しかしその計画は挫折し、ヘルツルは代案を考えた。それならユダヤ人だけの国を作ろう、ユダヤ人問題を解決するにはそれしかない。一九〇二年の『アルトノイラント』（古くて新しい土地の意）の出版からイスラエル建国の運動が始まった。トルコ帝国支配下のパレスチナにイスラエルを建国しよう。パレスチナにはいろんな人種が疎らに住んでいるだけだから、建国のための条件もよい。

イギリスはユダヤ系ヨーロッパ人に、パレスチナにユダヤ人の祖国を創建すると約束した。一九一七年のことだ。しかし何の権利で？　当時のイギリスはパレスチナやエジプトを保護領とし、エジプトの独立後は退廃したエジプト王家を維持するために当地に軍隊を駐留させていたからだ。

第二次世界大戦。六百万のユダヤ系ヨーロッパ人がホロコーストの犠牲となったが、残りのユダヤ系ヨーロッパ人は大挙してパレスチナへ向った。一九四八年五月のことだ。そしてダヴィッド・ベングリオンがパレスチナでイスラエル国の誕生を宣言し、ヨーロッパ、ロシア、アメリカ、アフリカ、世界中から理想に燃えるユダヤ系が新国イスラエルに集まり始めた。

パレスチナにユダヤ人の国を建国することは、ヨーロッパ人にとってはユダヤ人大虐殺の罪悪感を償うことになった。アメリカ人にとっては、それはちょうど自分達が新大陸に清教徒のアメリカを建国したように、宗教上の権利でもあり、また冒険人だけに許される究極の夢だった。当時のパレスチナでは、土着のユダヤ人はパレスチナの種々の人種と平和に共存し、一緒に働き、顔さえも区別できなかったのに。

一九五二年、エジプトのナセルは退廃した王家を打倒し、イギリスからの真の独立を達成し、アラブ世界の英雄となった。そしてエジプトを近代化する手段としてアスワン・ダムの建設を計画した。しかしダム建設の資金供出を約束していたアメリカが急に身を引き、イギリスもそれに続いた。怒ったナセルは即座に反応した。アレキサンドリア演説で、本題から何度も逸れて一八六九年開通のスエズ運河に言及し、運河を建設したフランス人の名フェルディナン・ド・レセップスを繰り返した。それが暗号となり、エジプト軍はスエズ運河を占領し、国有化した（「ザ・エコノミスト」誌による）。その時は一九五六年の熱い夏の盛りだった。国有化の表面の理由は、ダム建設の資金の捻出だったが、根底には植民地宗主国に対するナセルの怒りと、屈辱の過去から解放されたいナセルの願望があった。スエズ運河は、エジプトでは今でも観光と海外移民の送金に次ぐ、三番目の外貨稼ぎ頭として残っている。

フランスは別の思惑を持っていた。レセップス時代からスエズ運河運営会社がパリに設置されていたばかりか、エジプトの同僚アラブ国のアルジェリアではフランスからの独立運動が盛んで、ナセルがアラブ諸国の蜂起を謳うことは都合が悪かった。そこで英仏は協力してエジプトを占領し、スエズ運河を回収しようとした。

アメリカはエジプトに直接の利害がないばかりか、英仏の植民化政策の反動がアラブ諸国を共産圏へ追いやることを恐れていた。しかも時のアイゼンハワー大統領はその年の終わりに改選が待っていたので、英仏の作戦を潰そうとした。一九五六年、この年は世界大戦へ発展しかねない危険な年となった。

しかし英仏のナセルを倒したい気持ちは変わらない。そこに建国間もないイスラエルが入ってきた。イスラエルはエジプトがガザ地方から侵入を繰り返すのを懲らしめたい。そこでイスラエルはフランスと策略を練った。イスラエルはエジプトに、シナイ半島からスエズ運河へ向かって侵攻し、そこへイギリス軍指揮下の英仏軍が平和維持部隊と称して侵入し、運河の自由運行を保証するという理由で運河を占領する。

同じ年の一〇月末、アリエル・シャロン（後の首相）を隊長とするイスラエルの落下傘部隊がシナイ半島に傘下した。英仏両国は予定通りにイスラエルとエジプトの休戦を要求し、予想通りのエジプトの拒絶を待って空爆を開始し、一一月の始めに運河の占領を始めた。

アイゼンハワー大統領は英仏伊の陰謀を知り、イギリスの財政難を突いて圧力をかけた。ソヴィエトもそれに加わった。侵略の数日後イギリスはアメリカの要求に屈して軍隊を撤退させた。その裏切りにフランスは憤激したが、自国軍はイギリス軍指揮下にあり、否応もなくイギリスの決定に従った。この時期まではアメリカの態度はアラブへ好意的だった。しかし予想通り、アスワン・ダムの建設時から共産勢力がアラブ諸国へ浸透したので、反作用でアメリカはイスラエルに接近し始めた。

イギリスの秘密書類によると、この年のある時期、フランスのギイ・モレ首相、昔の英語の先生で社会党員（フランスの学校の先生には社会党員が多い）はロンドンまで出掛け、時のイーデン首相に、イギリス王家を元首としてフランスとイギリスが合併することを提案したという。

世界舞台へのアメリカの台頭を目の当りにして、フランスとイギリスはそれぞれ別のことを学んだ。イギリスは米英の特別関係を基調にしてアメリカ政策を支援する。チャーチルが言ったように、イギリスとアメリカは三L〝ロー、ラングイッジ、リタラチャー〟を共有する（しかし皮肉なイギリス人は、自国の外交政策はアメリカの考えを先取りして提案することだ、と言う）。イギリスの雑誌では今でも、自国の通貨のポンドをユーロではなくドルに換算することが多いのに気が付く。

フランスは痛感した。イギリスには頼れない。アメリカに対抗するにはヨーロッパの団結、欧州共同体の具現化を急がねば。一九五七年三月、仏、独、伊、ベルギー、オランダ、ルクセンブルグでローマ条約を締結し、今の欧州連合を発足させた。それに対抗してイギリスは、オーストリア、デンマーク、ノルウェー、ポルトガル、スエーデン、スイスと共に七カ国から成る欧州自由貿易連合を発足させた。その後、前者は発展を重ね、後者は今では形跡しか残っていない。これは現代にも尾を引く、イギリスの外交的大失策だった。

一九五六年のスエズ危機に次ぎ、一九五八年、アルジェリアの対仏独立運動の中からド・ゴール将軍が現れた。一九六一年、イギリスは欧州共同体へ応募したが、ド・ゴールはそれを拒絶した。更に一九六六年、フランスはアメリカ指揮下の北大西洋条約機構から脱退し、その本部をパリから追い出した、などなど。スエズ事件の約五〇年後、アメリカ主体でイラク戦争が勃発したが、イギリスの取った態度とフランスの取った態度の違いは、スエズ戦争から別々に学んだものだろう。

「イスラエルは領地を増やせば増やすほどアラブ人が増え、ユダヤ人の人口が薄まり、最後には消えてなくなろう」

それはユダヤ系の友人セルジュの一番心配する点である。

「僕は毎月の給料から一〇%をイスラエル支持に献金する。でも九月にはイスラエルへ行き、一九六七年以前のアラブ領地をアラブへ返す運動に参加する積もりだ」

「でもなぜ、ド・ゴールはイスラエルを非難するときに〝エリートの民〟と呼んだのだろう」

「聖書さ、聖書がそう言っているからさ。歴史上の偉人も、人口比で考えるとユダヤ系が圧倒的に多い、だから妬みも大きい。でも僕に言わせるとな、ケン、カトリックの神父も結婚できるようにしたらよい。ユダヤ教ではラビンは結婚する、彼等は優秀な哲学者だから、有能な子孫を残してくれるはずだ、エラスムスやマルクスがそうだ、ハッハッハ」

「いや、何かある、ユダヤ系には。例えば鉄鋼界の親玉のレヴィ氏はエリート校のポリテクニック出身だし、子供三人とも同じ学校を卒業した。ミッテランの特別顧問だったアタリ氏とエア・フランス社長だった弟、兄弟揃ってポリテクニック出身だったし」

「それはいつも神と一緒に生活しているからだよ。神を信じる、しかし必ずしも信用はしない。だからいつも質問し、答えに疑問を持ち、また質問する。我々は小さい頃から質問ばかりして、先生を困らせ、他の生徒達には嫌われたはずだ」

僕はセルジュに言った。

「ユダヤ人は他の人種より頭がよい、という説がある。しかしそれはアシュケナジ、つまりヨーロッパに住み、仲間同士で結婚し続けるユダヤ系に多い。マルクス、アインシュタイン、ボーア、フロイト、マーラー、ハイネ、フォン・ノイマン、シェーンベルク、それに世界中の有名なヴァイオリニスト……。だから彼等は一定の精神病や乳がんに罹りやすいという研究がある。日本では〝天才と気狂いは紙一重〟という言い伝えがある位だ。しかしユダヤ系はそんな説は人種偏見だと抗議する。何れにしろユダヤ系はよく抗議するな。尤も抗議しないよりする方が社会は進歩するだろうが」

「僕はセファルディだから、アシュケナジほど病的ではない」

「実は僕も学者の仮説を信じないよ。遺伝学で説明すると複雑さが一つの遺伝子へ集約されて話は簡単になるが。しかし何か別の物がある。君らユダヤ系は実によく手や顔を動かし、しゃべり、聞き、質問し、疑い、討論する。二つの点を結ぶ線は直線か、いや、曲線でもよい、なぜか、歪むからだ、なぜ歪むのか、横から引っ張るからだ。そして答えに満足しなければ原則に戻って、トラー（旧約聖書）やタルムード（ユダヤ教の口伝を基に、生活・宗教・道徳に関する規則と注釈を集大成したもの）を参照する。僕は物を記憶する脳髄しか使わないのに、君等は毎日、脳髄の端から端まで、全体を使う教育を受け、訓練をしているような気がする」

パリではユダヤ系は伝統的にはマレー地区やベルヴィル地区に住んでいたが、成功すると他の地区へ移動するようだ。パリ一七区では幾つものカフェがユダヤ系に買収されたらしい。一七区で最も多い姓はジュポンでもマルタンでもない、ユダヤ系のコーエンだ、と聞いた。

でも、最近ブラスリー・ニエルに戻ったら、庇の下のヘブライ語が消えていた。あるいはカフェの持ち主が変わったのか。あるいは、ジェンタイル（非ユダヤ系）の客を惹くためにこのカフェは深く静かに潜行するのかもしれない。ブリジットもヘブライ語が消えた理由を知らない。彼女によると臭いはまだ昇って来る。しかし彼女にも少し偏見があるから、一〇〇％は信じられない。

シャルム

ケンブリッジ・カフェにて。ワグラム通り、パリ一七区

〝シャルム〟とはフランス語でもドイツ語でも、人を惹き付ける力を意味する。〝魅力〟と訳せるかもしれないが、それは美しさや色気の他に、魔力みたいなものをも含む。例えば、フランス女性がヨーロッパで最も美しい女性かどうかは疑問だが、最もシャルムのある女性だとは言えるかもしれぬ。ヨーロッパでの世論調査がそれを示す。イギリス人も少し洒落たいときは〝チャーム〟の代りに〝シャルム〟と言う。

ヨーロッパはキリスト教を歴史とし、カフェを文化とする。一七世紀以来、ヨーロッパのカフェは

情報を交換し、他人と接触し会話し、盗み聞きし、話の種を探し、他人を観察し、自分の世界を考える場所として使われた。今では情報は書斎のインターネットで集められ、人はコンピュータを前にして考え、観光で疲れた人や空腹の人だけがカフェに入る。ただ、カフェに残されている別の大きな役割は、人を観察することだ。

僕は今日こそは、ヨーロッパ人みたいに手ぶらで外出しようと決心した。手に何かを持つと新しい何かを思いつく時間を奪われる。人を観察し、ボンヤリと考えるための時間だ。そしてヨーロッパ人を真似て、大股でゆっくり歩いた。そしたらすぐに疲れて、大通りに突き出て僕の進行を妨げるテラスの円卓に腰掛けた。ケンブリッジという表示が見えた。

この〝ケンブリッジ〟はパリにある。パリには珍しい浮き出たネオンが目に付くが、ボーイは見えない。僕はボーイを諦めて、目の前を行き交う様々な人種をぼんやりと目で追った。ヨーロッパ人がやるように。

隣のテーブルで二人の学生風の男が話していた。注意して聞いても正確な意味が判らない。ケンブリッジ・カフェのテラス右前の路上に二畳位の鉄網が張ってあり、二人はその方に顔を向けている。回りの人から聞き取られないように、特別の話し言葉を使っているのだ。ヴェルランかもしれない。ヴェルランとは〝逆〟と言う意味のフランス語〝ランヴェール〟を、シラブルを逆転して読むことから作られた学生語で、ある単語を〝シラブル〟ごとに後ろから前へ発音していく。僕は隣の学生達が話している内容を想像してみた。

「あそこに寝そべっている二人のカリファ男を見ろ」

　そこには二人のアフリカ人がマクドナルドの紙カップを、狭《せば》まった通路に押し出したまま寝そべっていた。通行人がカップにお金を入れてくれるかどうかには極めて無頓着だ。鉄網からは暖気が立ち昇り、暖流と寒流の会合で町の塵が舞っているように思えた。鉄網はエトワールからピガールに延びる地下鉄の喚気口らしい。去年の夏にはケンブリッジ・カフェが店のテラスから絨毯を伸ばしてテーブルを配置し、二人のカリファ人はいなくなっていた。寒気が来るとケンブリッジ・カフェは文句も言わずに絨毯を巻き取り、彼等に暖房鉄網を返す。ケンブリッジ・カフェにはもともと引け目がある。テラスを公共の路上に張り出すとパリ市に道路の使用税を払わねばならないが、我々公衆の権利を侵害することにもなる。あのカリファ人達だって税金を払っているかもしれぬ。この国では、例え間借り人が家賃を払わなくても、家主は冬の間は彼を貸家から追い出すことはできず、春が来るまで待たねばならない、そんなお国柄なのだ。

　ケムブリッジ・カフェの前を横切る通行人にはいろんな歩き方がある。僕はヴェルランを真似し、一人で会話してみた。

「パロヨの男は顔を前に向けて大股に、長い腕をぶらつかせながら歩く。なかでもスリギー男の歩き方には変わった動きが伴う」

　スンラフ人の背広には臀部の中心に縦割りが一本あるだけだが、スリギー人のそれには縦割りが左右腰の後部に二箇所にあり、その間にペンギンの後羽みたいなU型部ができる。そのU型部が太い腰の運動と共に後ろへ跳ね上がるのだ。

「ツイド人の好みはくすんだ緑色の服だ。そこには森があり、湖がある。ツイドで緑派が発展したのには理由がある」

「この近くにクゴチューの観光客が群となって行くレストランがある。彼等は観光バスを下り、案内嬢のピンポン声に駆け足で追いつき、すぐ傍のレストラン〝緑の星〟へ直進する。この光景には何度もお目にかかったから、案内嬢とレストランの間には大きな賄賂が動いているはずだ。彼等は三〇分後には、食事の熱量で余裕ができ、カフェの僕を一瞥しながら通過する。両手をポケットに背を丸め、足を引きずりながら、凱旋門を見上げる」

「カリファの女性の服装は赤や青や黄色の原色を織り合わせた流しの透かし布で、色の対比が激しいのに対し、クゴチュー人は黒いジャンパーに、その保護色に近い茶色のシャツを組み合わせる」

「ノヒン人は僕から目を逸らし、神経質そうに、膝を曲げ、小股に歩くからすぐ分かる」

通行人には無意識の癖がある。男性は絶えずそれとなく前のジッパーに手をやり、締まっているかどうかを確かめる。女性は横髪に手をやるか、頭を振って前髪を掬う。

「パロヨの女性は歩くときに上体を起こし、重心を前へ移し、それを支えるために脚を前へ投げ出す。ノヒン女性は重心を移さないまま膝を曲げて足を前へ出すので、一歩ごとの移動量がパロヨ女性に比べるとかなり小さい。パロヨ女性が歩くときは脚の付け根、つまり臀部が支点となる。それはスラックス姿のときに判り易い。痩せた人でも太った人でも歩調に合わせてお尻の筋肉が盛り上がるから。こんな歩き方を何世代も続けると、確かに尻の筋肉は発展するだろう。パロヨ人はベッドで寝るから臀部が厚く、ノヒン人は硬いフトンで寝るからそれが薄い、なんて説があったが、今はそんなことは信じない。カリファ人は土の上に寝る人も多いのに、臀部はパロヨ人より厚いではないか」
大股で、膝を曲げないで、尻の付け根を支点とし、ゆっくり堂々と、両手の振りで体重を均衡させながら、リズムをとって歩く。そんな歩き方の方が見栄えがし、活発そうな魅力を発散する。よいスポーツマンは、大事な場面で緊張を放念できるという。それと同じように、脚を伸ばしたまま筋肉を緩め、足を気前よく前へ投げ出せばよい。できれば後ろへ残した脚も膝を直線に張るべきだろう。膝を曲げたまま前に出す人は、人込みの中をかき進む、永遠に緊張した人だろう。

人の背丈は環境により変わる。ヨーロッパでは一般に北ヨーロッパの人間ほど背が高く、地中海に近くなるほど低くなる。ポルトガル人の平均身長は日本人より低い。それなら、なぜフランスとドイツの間のオランダ人がヨーロッパ人の中で一番背が高く、ドイツと北イタリアの間のスイス人は概して背が低いのだろう。人間の背丈は環境に大きく影響されるという。人間は自然淘汰により、移動するのに最も都合のよい背丈になるらしい。オランダ人と、アフリカで背の高いエチオピア人やケニヤ人の共通点は、前者は埋め立て平地に住み、後者はサヴァンナの平地に住んでいる点だ。逆に山地や密林に住んでいると背はあまり高くない方が便利がよい。小さいピグミーでもサヴァンナに住み出すと、途端に背が高くなるらしい。

女性の魅力への好みは時代で変わるが、歴史的に変わらないのは、胴のくびれと腰の比率の魅力だ。

くびれが腰の六〇から七〇％の比率であるのが最も魅力があることは歴史的な事実らしい。これはテキサス大のシン博士らが世界各国の各時代の書物を調べた結果による。

加えて、過半数のヨーロッパ人にはお尻が誘引力の一番となる。最近、尻の筋肉を締めるためにワサビを溶かした液を塗る美容法が発表された。

日本人はもっと人の気を惹くような努力をし、後はダーウィンに任せよう。何百年、何千年の後には環境に合った生物が進化し、勝ち残る。日本人の胴長脚短の肉体はかけっこには不利だが、相撲や柔道みたいな伝統的なスポーツに強い、という説があった。しかし最近の西洋人の日本伝統競技への進出により、そうでもないことが判った。

しかし人間の世界は八頭身と左利きには都合が悪いようにできている。むかし日本人は八頭身に憧れたが、この憧れは人間進化の理論に逆行し、ますます手の届かない夢となろう。人間は脳を使う、すると脳が大きくなり、頭蓋骨が大きくなる。すると八頭身から七頭身の方へ進むはずだからだ。

人間は左脳が優勢だから、体は反対側の右側が優勢になるのが普通だ。それなのに、なぜ今でも左利きが生き残っているのか、全人口の一五％にまで達するほど。ある真面目な科学誌によると、その理由の一つは、左利きは争いに強いからだそうだ。ボクシングを見よ、テニスもそうだ。右利きは右利きとの争いには慣れているが、左利きには面喰い、負けてしまうのだ。喧嘩に強いと異性にもてて、子孫が多くできる。それなら原始的な社会で暴力の横行する場所では左利きが多いはずだ。実際、南アメリカのある種族では殺人の多いぶんだけ、左利きも多いという。そして平和なアフリカ種族には左利きが少ない。

　チンパンジーは人間に一番近い動物だが、小猿の蚤を取るような精度を要する作業では一般に左手を使い、胡桃《くるみ》を石で割るような力仕事は右手を使うそうだ。

　別の学術誌によると、カタツムリの先端を上にして開口側から向けて見ると、大多数は右巻きに広がる。しかし少数の左巻きカタツムリも存在し続けているから、これはダーウインの原理に反するか。いや、実は理由があるらしい。右利きの蟹がカタツムリを食べようとするときには左巻きの餌物の方が取り扱い難い。理由は、右利き蟹は右鋏の爪を餌物の開口側から差込み、殻を歯の方へ向かって反時計周りに回転させ、中身を取り出す。右利き蟹は左巻きカタツムリではその操作をし難いことを知っているから、始めから敬遠する。だから左巻きカタツムリとして存在する価値がある訳だ。

　怠惰な時間は無駄な時間ではない。他人を観察し、比較し、批判し、避けるべき配色や歩き方まで頭に浮んでくる。なけなしの資源しか持たない自分でも魅力的に改造できるかもしれない。僕は今では後悔している。日本にいる頃はいつも急ぎ、人を観察しながら時を過ごす雰囲気も場所もなかったではないか。まず、怠惰な時間が役に立つとは思わなかった。実際は怠惰な時間があると常に、いかにして最小の努力で自分の行為に付加価値を付けようか、と考える。日本人がヨーロッパ製の高価な高級品に憧れるのは、自分に怠惰な時間が作れないから、怠惰の味を知る者にしか創造できない製品を夢見るのだろう。例え高いお金を払っても。

　急に横の学生達が歓声を上げげた。斜《はす》向いのアパート六階のバルコンに黒いシミーズ姿の女性が現れ、寝床のシーツを下の階まで垂らし、何回も払いだした。次に枕のシーツ、テーブルクロス、下着。一度部屋へ引っ込んだ後、はたいた下着で前身を押さえて再びバルコンに現れ、そこから長い脱色金髪を垂らし、片方の手の大きな櫛で梳き始めた。それが終わると金髪女性は何歩か後ずさりし、少し部屋に入ったところで反転した。しかし斜めに部屋へ浸透する夕日により彼女の真っ裸の後ろ姿が照らしだされた。今度は別の円卓にいた若い女性達も学生達と一緒に歓声を上げた。彼女が見えなくなった後も、僕等は目を上げるごとに目が何となくそちらへ向った。そして僕等は同時に、ハッと目を凝らした。

正装の中年の男が彼女の部屋から出てきて、ヴェランダの敷居を乗り越し、革靴の爪先を欄干の下の隙間に入れて、欄干を摑み、蟹のように横ばいに渡り始めた。僕等は固唾《かたず》を飲んで見守った。彼はゆっくりと、隣のアパート、次のアパート、更に二つ隣のアパートに辿り着くと、そこで欄干を跨いでヴェランダにとび乗った。そして女性に向って笑いながら合図し、部屋の中に消えた。隣の学生が、思いがけなく僕に向き直って言った。

「昼下がりの情事ですよ。外国人にはフランスの評判は落ちる訳ですね、ハッハッハ」

僕はおめでたくも、あの紳士が自分の部屋の鍵を忘れ、彼女の部屋を借りて家に戻ったものと早合点していた。

フランスに滞在するアメリカ人作家によると、アメリカ文化にはヨーロッパみたいなシャルムがない。アメリカ人は怠惰の魅力を知らないからだろう。アメリカ人は今では働く時間が日本人より長い。

僕の職業仲間のアメリカ人によると、彼等の休暇は国際会議に参加するときだけだ。だから彼等は国際会議が好きで、そのときは家族を連れ、数日の大旅行をするのだ。

日本とヨーロッパの差も、怠惰に対する態度の違いだろう。ヨーロッパにも日本にも文化はあるが、日本人には怠惰の余裕から生まれる魅力がない、僕はそう思う。

成田の飛行場で降りて、迎えの人々の前を通り抜けようとしたとき、僕は呼びかけられた。

「ミスター・アヤラ?」

「僕はそんな名前ではありません」

「失礼、カナダからの来客を待っていたものですから」

「でも、僕は日本人です」

「しかし、歩き方が違うのです、日本人とは。何というか、大股で悠長で」

一代でこうなら、何代かの努力とダーウィンの助けで、僕の子孫の臀部がカリファ人みたいに厚くなるのは時間の問題だろう。人間の魅力が増せば、女性が惹き付けられ、子孫が増える。しかも臀部の大きい子孫が。

僕は嬉しくなって、彼の肩を叩いた。彼はキョトンとしていた。

ジャパニーズ・ストーリィ

カフェ・フーケツにて。シャンゼリゼ、パリ八区

〝ジャパニーズ・ストーリィ〟はオーストラリア映画の題名でもある。この映画は恐らく作品の価値以上に僕の脳裏に焼きついている。命を失うことの他愛なさが魅力的なのだ。オーストラリアの砂漠の中に水溜りがあり、先に水浴する恋する女性（オーストラリア人）に加わるために恋する男性（日本人）が勢いよく飛び込む。そしてそのまま浮かんでこない。なぜか、いつも弱い者が損をするような気になる。

男が真価を問われるのは、外地で会社の仕事から離れ、自分で家計をこなさねばならないときだ。

不安が僕の胸を締め付け始めた。パリの僕の近辺に住む友人達がみな連帯税の話をするのだ。フランスは放任主義だから、僕は申告せずに黙っていてもよい。しかし発見されると、国は過去の一〇年に遡り申告詐欺の有無を検査してもよい。自発的に申告すると国の遡及権は三年に短縮される。罰金は高い。僕の働く職業分野でもそうだが、日本ではお上が綿密に規則を作り、網で小魚を掬うように審査してくる。フランスでは、申告は個人の自由で各人の市民精神に任されるが、義務を怠りバレた場合は重い罰則が課されるぞ、と牽制される。パリのアパートの値段は誰にでも判るから、自発的に申告する方が安全かもしれない。しかし国から警告があったらドイツへ移住することにしてもよい。ドイツに住んでいた頃、フランスで駐車違反をしたが、支払命令はドイツまでは送られてこなかったから。

僕は異常なストレスを感じ始めた。

ヨーロッパ人は富を作るのはうまいが、少しでも豊かになると尊敬されるより恨まれる。国は国民の暴動を恐れて、象徴的に富者だけに特別税を課す。その税が担当役人の給料だけで消え失せるのか、貧者へ再分配される所まで辿り付くのかは別問題だ。連帯税は国の財政収入の一％にしかならないのに、その申告作業のため国民生産は半日間は停止し、慣れない者は作業を会計士や弁護士に依頼し、彼等のサーヴィス業への消費に転換される。裕福税。その言葉が露骨なので、あるとき連帯税という呼称に変えられた。

僕は車も持っていない、慎ましく生きる外国人だ。罪を犯したことといえば、まだ若い頃にドイツで一生懸命マルクを稼ぎ、パリに移住し、アパートを買ったことぐらいだ。マルクやフランがユーロに変わったときの物価上昇に煽られ、銀行から借金して買ったアパートの値段が勝手に跳ね上がり、潜在財産も跳ね上がった。財産が七六万ユーロを超すと連帯税を自己申告せねばならない。

連帯税はヨーロッパの多くの国で実施されたが、本当のお金持ちは国から逃げだしてしまい、土地は持っていてもお金のない者を過度に課税することになり、そのせいで幾つもの国では廃止された。フランスでは一九八一年に政権をとった社会党が設置し、次に政権を取った保守党が廃止したが、再び政権をとった社会党が再設置した。今の保守党は廃止を考えたが、社会党は次に政権を取ったら復活させるぞと脅すので、廃止する勇気がない。特にいちど進歩的な法が制定されると、それは〃社会的既得権〃と呼ばれ、それを廃止することは市民の大デモを誘発しかねず、それが怖い政府は廃止できない。市民デモへの恐れはフランス革命以来の伝統で、フレンチ・シンドロームと言える。その代わりに免除の条項をふんだんに加えた。そのせいで、法律が複雑極りなく、よほどの法律に長《た》ける者か専門家を雇える金持ちでないと、課税からの免除条項を十分には利用できない。

僕はカフェ・フーケッツでお客さんと軽食した後、友人の銀行員アランへ電話し、家に招いてビールを一杯飲むことにした。アランは僕の近くに住んでおり、彼自身も去年から裕福税を払い始めた。やはり彼のアパートの潜在価値が上がったせいだ。

アラン「計算にはまず今年一月一日現在の家族資産の全てを計算する。君のアパートの現価ばかりか、家具、テレヴィ、宝石、車、これら全部を加算する。外国に所有している物もそうだ。君は日本に何か持っていないか」

「三十五年前、水冷式のスズキの軽自動車を友人と共有していたが、今はどうなったか知らない」

アラン「それ位なら申告しなくてよいだろう。現住所として住んでいるアパートの現価は二〇％差し引いて申告してよい。もし君が一階に住んでおれば更に一〇％減額できるが、君は二階だからだめだ。建物に修復が必要なときはアパートの現価から一〇％引いてよい」

「パリでの一階なんて、商店や銀行しかないじゃないか。二階は他の階に比べて車の音でうるさく、バルコンもなく、要するに一番安いから買ったんだぞ」

アラン「法はそこまでは考慮しない。生命保険や色んな貯金も申告しなければならぬ。でも非買契約、例えば国民年金貯金など、は申告しなくてもよい。アパートのある建物が共有物の場合や非営利団体の所有のときは、アパートの現価から少なくとも一〇％引いてよい。商売用の道具や百年以上の骨董品は百％免除され、親から相続した山や六年以上の株券は全額から七五％が免除される」

「それなら、本当のお金持ちはモネの絵や有名なブルの家具（ホラ、亀の甲を植えた箪笥）を買い込めばおおむね税金を払わないで済むではないか。同じ豊かさの者達でも、税金の額は愚直であるか賢いかによって差がつく訳だな」

アラン「次に、計算された全財産から、本年に払うべき収入税と地方税と社会税を引き算する。更には君のアパートを買うため借金した銀行への返済金を免除してよい。いま計算している連帯税の額も、自分の財産から差し引いてよい」

「このアパートを買うのを七年払いにし、毎月九五五ユーロを銀行へ払い戻ししている。あと二年残っているから、

〃九五五ユーロ ×二四（カ月）＝ 二二、九二〇ユーロ〃

は申告額から差し引いてよいわけだな」

アラン「そうはいかない。まずは、銀行からの借金は返済全額として設定される。毎月の返済額は資金と利子と保険金とを足し合わせたものだ。例え毎月の返済額は九五五ユーロでも、その割合は返済初期には利子の部分が相対的に大きく、漸近線的に減っていく。逆に資金の部分は返済初期には相対的に少ないが漸近線的に増えていく。しかし保険金の部分は毎月同じ金額で変わらない。そして返済残額は前月の返済残額から今月の資金返済分のみを差し引いて弾き出される」

「フランス人は単純な事実を複雑にするのが好きだな」

アラン「銀行が君にクレジットの内容表をくれたろう？ そうだそれだ。そこで去年の一二月での支払い残金は幾らになってる？ 一〇、六〇〇ユーロ？ それが将来の二年分の借金として君の資産から差し引いてよい額だ」

「余り働く必要のないお金持ちはベルギーやスイスへ移住して税金を逃れるが、パリで働く労働階級の僕はここに住まざるを得ない。僕の財産の大部分が現住のアパートだが、僕がこのアパートを棄ててベルギーへ逃げれば、今の仕事がなくなる」

アラン「今年はアパートの値段の上昇で、フランス人でも三三万の家庭が連帯税を払っている。外

国人の君は特例でフランスにいるのだから、少しは払っても仕方あるまい」

「結局、免除額をうまく計算するには法律顧問を雇うしかないな。そんな贅沢をするには普通のお金持ちよりもっとお金持ちでなければならない」

アラン「もともと連帯税を払える階級と払えない階級ははっきり分かれているから、余り問題は起こらないのだ。そうそう、今年の高等裁判所の判決によると、空地の地価を申告した者は、これから行う作業の予算分を控除してよい」

パリにはパリ症候群ジャポニクスと言う病気がある。これに罹るのは日本人しかいない。その内の四人に一人は入院までしてしまう。専門の精神分析医によると、それは夢に見たパリと現実のパリとの差異が心を揺すぶり、日本人は言葉が苦手なことがそれを助長し、被害妄想になるらしい。でも本当かな、と僕は思った。もともと僕の知る精神分析医には変わった人が多い。僕は日本の医者がフランス政府の留学生としてパリに着き、一カ月でノイローゼになって日本へ送り返されたのを知っている。彼も精神分析医だったように記憶している。

僕のパリ症候群の兆候は、フランス社会に透明性がないことから生じた。日本人がパリにアパートを買い、その値段がドンドン上がった。裕福税を払わねばならぬそうだが、申告は個人の意志に任され、しかも申告のし方が複雑そうだ。当然もう少し待とうと考えた。次の政府がこの税を廃止してくれるかもしれないからだ。しかし不動産は上がり続けた。罰金の通知はまだ来ていないが。

このような熱くなったり冷えたりする経験を繰り返したあと、僕は急に食欲を失った。僕は深く考え込む自分を発見し、ハッとした。実際は何も考えていないのだ。僕は誰にも内緒に、近くの中華店で会った医者に相談した。医者はある医院を紹介してくれ、僕は会社を抜け出してその医院の門を叩いた。医者は親切に、研修中らしい日本人女性を伴って現れた。

「パリについてどんな印象を持っていますか、日本と比べて」

僕も少しはフランス語が話せるが、通訳を使う奇妙な喜びから日本語で始めた。

「最近、車の騒音が気になって仕方ないのです」

「パリは古い町だから、車道が石敷きだからでしょう」

「どうして早く東京みたいに、アスファルトにしないのでしょうか」

「どうぞ、話を続けて」

「歩道に犬の糞が多い。また、飼い主の若い女性が犬に糞をさせながら、後ろを向いて見ない振りしているのがむしょうに腹が立つことがあります」

医者は通訳へ耳を傾ける。

「先だっては日本の訪問者から、舗道のあれは人糞ですか、と聞かれて」

医者は通訳の手で覆った口に耳を寄せたまま、動かなかった。通訳がうまく通じているか、少し心配になった。

「公衆便所がない。日本なら駅へ行けばトイレがあるのが判っていますが、パリではカフェに入って使わして貰うしかない。カフェに入ればコーヒーを飲まされる。コーヒーを飲んで外に出ると、またすぐトイレに行きたくなる」

「それはごく自然なことです」

僕の言葉は自分の惨めさを隠すため、少し嘲笑的になったと思う。ここからフランス語になった。

「いや、男トイレでは受け器の位置が高すぎる。爪先で立って用を足します。でもその努力で尿管が圧迫され、尿が全部出ない。フランス人の皆がそんなに足が長いわけではないのに」

医者は僕のフランス語に顔を顰《しか》めながら、大きく頷くと、

「それは子供が使うのを避け、粗相を予防するためです」

「それじゃ、子供はどこで用を足すのですか」

「外で足すか、女性用トイレを使いなさい、という意味です」

「ところが、女性用トイレの輪座が立たないように調整してあるのです」

「そうです、だから座って用を足す、だから床を汚さなくなる」

医者は、他に何に気が付いたか、と尋ねた。

「テルヌ通りのスーパーでは、買い物を終わって勘定台に着くと、募金箱を前に、赤いマフラーのボーイ・スカウト達が、頼みもしないのに僕の買い物をドンドンビニール袋へ入れていく。頼みもしないのにですよ。僕には僕の入れ方の順序があるのに。お金をあげないと手持ち無沙汰に目を伏せて僕がいなくなるのを待っている」

「教会での祭りのための募金でしょう」

「先週は商業大学の団体だった。皆お金持ちの子供達だから親にお小遣いを頼めばよいのに、他人へ迷惑をかけて」

「団体旅行の基金集めでしょう」

「ドクター、一番イライラするのは、クリスマスのときです。あらゆる慈善団体や商業団体が当然のように外国人の僕の生活を侵害してくるのです」

「貴方も積極的に参加したらどうでしょう、例えば日仏親睦会なんかに」

「クリスマス時には郵便配達人や消防署員が寄付金集めにアパートの鈴を鳴らしにきます。申し訳みたいに、数字を並べただけの翌年のカレンダーを持って」

「押し売りは法律で禁じられているのだから、断ればよい」

「でも、買わないと来年から郵便も配達しないぞと、それほどニコニコしているのです。次にやって来た見たこともない消防夫は、カレンダーを買うのは市民としての義務だ、と言う態度でした」

「カフェでチップをあげる気持ちで、クールに考えて」

「でも僕はキリスト教とは縁もありません」

「貴方、この薬を飲んでみて下さい、そう、一日に三錠」

「プロザック、この薬、もう飲みました、この薬のお陰で本当の病気になりました。眩暈《めまい》が起こり、食欲がなくなったのです。多分、おっしゃる量はヨーロッパ人の胃用で、東洋人のそれには多すぎると思う。アスピリンだってそうです」

医者は疑わしい顔で僕を見て言った。

「パリには貴方みたいな日本病の専門の病院があります。サン・タンヌ病院、そこの医者を紹介しますから、そこで専門の精神科医に診て貰ってはどうでしょう」

「僕は精神病ではありません。ただ、戸惑っているだけです。パリで、ヨーロッパ人と知り合い、欧州文化を知りたいのですが、友達になれるのは外国人やブラックやカフェオレばかりなのです。ドクターも、ドクターはどこの国のご出身ですか」

「モロッコです。それはともかく、フランスに来た日本人は特殊な病気に罹る。俗称パリ・シンドローム、日本人しか罹らない。日本脳炎だって日本人しか罹らない。だから何も恥じることではありません」

僕は、ますます、果てしなく、恐慌と絶望へ追いやられた。

キュリオシテ

カフェ・ロワイヤルにて。リュクサンブール公園の前

好奇心はフランス語で〝キュリオシテ〟というが、この言葉はドイツ人にもイギリス人にも通じるから、好奇心とはヨーロッパでは普遍的な価値を持つのかもしれない。僕のキュリオシテには方向性があった。日本社会での競争や勉強には余り関心がなく、いつも海外、特にヨーロッパの方を向いていたからだ。僕はいまゲイ・リュサック通り一二番に住んでいる。ここはフランス政府が招聘生のために使う特別のホテルであり、入り口には〝この家にポール・ヴァレリー住みけり、一八九一―一八九九〟という文字が彫ってある。お金もなく才能らしき閃きもない者がここに辿り着けたのは、ひとえにこの偏向性好奇心のお陰であった。好奇心さえあれば、後は少しばかりの怒りの気持と反逆心で何とか道が開けて来た。

カフェ・ロワイヤルはゲイ・リュサック通りとサン・ミッシェル大通りとの角にある。ここに何回か来るうちに、奥にジュークボックスがあり、更にその奥に静かなコーナーがあり、学生のアヴェックが多いのに気が付いた。ソルボンヌに近いからだ。テーブルの上には回転めくり式の歌のリストが置いてあった。誰かがコインを入れ、悩ましい歌が流れ出した。ああ、ゲーンスブールの歌、歌詞は聞き難いが、思わせ振りな女性の囁きとうめき声が歌詞を聞き取ろうとする努力を怠らせた。これだ、イギリスでもスエーデンでも音波で流すのが禁じられた歌は。僕はシンガポールの飛行場での乗り換えで、だだっぴろい通路を横切っていたときのことを思い出した。僕はこの歌が流れているのに気が付き、思わず立ち止まったのだ。退廃的文明に煩《うるさ》いシンガポールの玄関の飛行場でこの歌が流れていたのは、当局が僕と同じく、歌詞の意味を摑めなかったからに違いない。一人の西洋女性が通路の反対側で立ち止まり、耳を澄まし、同じ格好をしている僕を目にしてチラリと微笑んだ。その後、僕はやけに陽気になった。一九七〇年だったと思う。

カフェ・ロワイヤルで僕は鞄を開いて白紙を取り出した。今日はどうしても日本の先生へ、フランス語の先生へ手紙を出そうと思った。正確な住所を知らなかったので、封筒には日本語で、北鎌倉、駅を出て南へ、東京寄り、歩道トンネル、南へ二分、渡辺様方、などと思い出すだけの表示を書いた。

これは僕が始めて先生の家に行くときに指示された道順だ。そしてその下にフランス語で、KANAGAWA―KEN・JAPONと書いた。

木内君は学生運動の動物で、そのために大学に入ったようなものだった。僕は彼と高校で同じ学級にいたよしみで、彼に煽られ、〝キャピタル〟なる本の表紙も見たことがないのに、教室ではマルクスを口にし、頭の中でその名を繰り返し始めた。打破すべき階級は生産手段の関数として定義され、その手段を持つのがブルジョワだ、と理解するに到った。確かにマルクスはウエストファーレン男爵家の娘と結婚し、カヴィアを食べる左翼となったかも知れない。しかしそれは左翼の格を下げるのではなく、むしろ気品を付加するものであり、逆に僕等若者の夢と血を駆り立てた。医学志望者用の集まりではフロイトのリビド論が密かに尤もらしく話題に上がった。人間が本能的に性的欲望を求めて行動することが解明されたから、将来は精神病が直るに違いないと誤解した。天使の性が男か女かを突き止めてもすぐには役に立つまいが、リビド論とのそんな比較は頭にも浮かばなかった。美学志望の細井君は印象派から離れてピカソの分析に没頭し始めた。ピカソの芸術がアフリカの原始文化を原型にするなんて、どうして自分は気が付かなかったのか、と彼は悔しがった。彼は秘蔵の絵の写しを幾つも持っていた。一六世紀末のフォンテンブロー派の画家は一人の女性が別の女性の乳首を抓《つま》む絵を描いた。後で調べると、デストレ公爵夫人という実在した女性らしい。一八世紀のフラゴナールは女性二人が桃色の下半身を顕わにして寝台の上で子犬と戯れる絵を描き、一九世紀のマネは黒人を背景に長椅子に裸で横たわる売春婦の絵を描いた。僕はそれらの絵に意表を突かれ、斬新さに衝撃を受けたが、思い付きの奇抜さを除いてはどこに芸術性があるのかは判らなかった。これらの絵が他の絵から抜きん出るのは、思いつきだけではないのか。歴史を作る者は何かを思いつくと、その思い付きの線に沿って周りの要素を組み立て、自分の主張を作り上げたに過ぎないのではないか。僕だって、日本の一億人間の圧力から抜け出すには何か思い付きが必要だ、と密かに思った。あの一九六〇年代。

日本での窒息しそうな社会生活を忘れさせてくれたのは外国の映画だった。当時の外国映画は概してアメリカ映画であり、僕はそこに見るアメリカ生活に憧れた。そこでは女性は勇敢な男への褒章として出てきた。その証拠に、宣伝ポスターや映画の字幕ではまず男優、女優は二番目に出た。女性が最初に字幕に出るような映画は、僕は観に行かなかった。その中で見る女性、西洋の女性、「風と共に去りぬ」の中でのヴィヴィアン・リーの利発そうな口、「北西騎馬警官隊」の中でのジーン・アーサーの憂いの目、「地上より永遠に」でのデボラ・カーの上品な目鼻。

しかし僕はヨーロッパへ行こうと決心した。日本の優秀な人はみなアメリカへ行こうとしたから、僕にはそんな機会がある訳はなかった。行けるとしたらまだ科学者の頭に浮かばないヨーロッパしかなかろう。しかも吉祥寺の地下劇場で見る古いフランス映画やドイツ映画にはアメリカ映画にない泥臭い魅力があった。野原で働いても髪型も乱れないハリウッドの高貴な女性より、家では下着で駆け回り、男を玩び、胸を広げたまま警察官に戸を開くような泥臭いヨーロッパ女性の方が僕には向いていた。

そんなときに会社の上司が、看護婦の研修生を江ノ島へ連れていくから、一緒に泳ぎに行かないか、と誘ってくれた。彼女はスエーデン人だ。僕は好奇心で一杯になった。しかし皆と一緒に海岸に現れた彼女ウーラは金髪ではなかった。僕の心は少し揺らいだが、すぐに落ち着きをとり戻した。僕はスエーデン人はビキニで泳ぐものと信じていた。「不良少女モニカ」ではハリエット・アンデルソンは真っ裸で泳いだではないか。だから僕はウーラが衣装の紐を解き、腿まで伸びるワンピースの水着姿になったのを意外に思った。僕は海の中で皆から離れ、ウーラに近づいたが、話す言葉がないのに気付いた。立ち泳ぎしながら僕は何とか片言の英語を口にした。彼女は不審な顔をした後、片言の日本語で答えた。

「フランス語モ、ハナシマス」

僕の英語はウーラに少しも通じていなかった。僕はフランス語を学ぼうと決心した。

ある日同僚の千葉さんが言った。北鎌倉でソルボンヌ出身の人がフランス語を教えるという広告を見た、一緒に行ってみないか。僕は咄嗟に思った。研究者でフランスへの留学を考える者なんていまい、留学試験も受かり易いに違いない。僕は仕事の後、テニス仲間の目を避け、千葉さんの後について北鎌倉の山裾のトンネルを潜り、山肌を登って渡辺某家の離れ家に着いた。そこの庭の離れ屋に、先生は部屋を借りていた。

「ワタシ、フィンランド人デス」

僕にはどうでもよいことだったが、先生は、フランス語の先生がフランス人でないという問題を少しでも早く解決したかったのだろう。先生の中年の、落ち着いた粘り強い声が今でも僕の脳の中に残っている。偉大な体から間違いない女性の声音が出てきた。何を食べたらこの体ができるのだろう。窓から入る太陽に当たる髪の表面は殆ど白く、その下の影は茶色なので、一瞬、脱色金髪かな、とさえ思った。歴史によるとヴェニスの女性は毎日屋上で栗色の髪を綿みたいに膨らませ、地中海の太陽の下で潮風を通し自然脱色した。だからヴェニス女性の金髪は赤がかっており、これをヴェニス・ブロンドと言う。

しかし先生の髪はそれとは違っていた。光線に対する角度で色が変わるのだ。日本人に比べたら髪が三倍も細くて数が多く、曲がりくねって密生しているので表面積が大きく、その中で短波や長波の電磁波がお互いに引き合い反発し合って踊るから、色が変わるのだろう。

「ハイ、ワタシ、作家デス。ココデ、ゼンノ理解ヲシテイマス」

何も言わないうちに週に二回の授業と料金が決められた。帰りに先生が立ち上がると、どっしりした腰は裾広がりのスカートの下に隠れ、僕の胸のあたりに届くように思われた。逆に上半身はこけしのように細くなり、ただ胸だけが白いブラウスの下で肩幅ぐらいに広がっていた。庭に下りるとき、先生はバレーの踊り子の靴みたいに薄い布製の靴をはいた。それでも僕は先生と話すには下から見上げねばならなかった。

千葉さんは二回一緒に通った後は来なくなった。もともと僕のためにフランス語の先生を探してくれたようなところがあった。

結局先生とはよく日本語で話した。先生が一言でもフランス語で言うと、会話がそこで詰まってしまったからだ。三カ月も経ち、少し慣れてくると、先生はフィンランドの森や湖、ソルボンヌでの学生時代、なぜ離婚したか、を断片的に話してくれた。ソルボンヌの話がでると思い出したように、

「ソレデハコレカラ、フランス語ヲ話シマショウ」

と言った。そこでまた大きな沈黙が訪れ、先生は僕のフランス語を待ちながら禅の思考に入った。僕は頑固に沈黙を続けた。沈黙を続けることも一つの意思表示に思われた。しかしいつも僕が負けた。

ある日、簡単なフランス語の単語を探しながら、義務感から、フィンランドについて学んだ唯一のことを口に出した。

「フィンランドの食事は世界で一番まずい、イギリスよりひどい、とは本当ですか」

「オカシナ質問デス。ジブンノ国ガ、イチバンオイシイ。ソウデナケレバ、世界ノ食事ハ、一ツダケニナル」

僕はユーモアで始めるつもりが、冗談にもならず、攻撃的な論点探しとなり、先生は僕の真意を摑もうと、目の焦点を合わせようとしたのを覚えている。僕はそのときから先生に親切であるために無理に話すことをやめた。自然、沈黙、例え外国人の前でもそれが一番よい。

先生は日本語を話している方が楽しそうだった。僕が井上靖や志賀直哉の話をしたからだ。フランス留学の試験は三カ月後だったが、今年は試験を受けるのは止めようか、と考えた。

ある日先生は机から目を上げて言った。

「建長寺へ、イキマショウ。ゼン、ガ、ハジマッタオ寺デス。マチガイマシタ、ゼンノタメニデキ

タ、オ寺デス、ハジメテノ。ウラガワカラ、イキマショウ」

実際にはお寺には辿り着かず、汗をかいたらすぐ乾くくらいの高さの、裏山みたいな所に入った。先生は踊り子の靴でスイスイと上って行った。僕は歩を合わせるのに苦労し半分走っていた。脚の長さの違いか僕は遅れ勝ちで、その度に先生は立ち止まり、恰《あたか》も回りの景色を鑑賞するように僕に背を向け、僕が追いつくのを待ってくれた。僕が追いつくのを確認するときだけ、上から僕の方を振り返った。決して日本女性のように笑わないし、声もあげない、その代わりに眉間を軽く寄せて目をモナリザのそれのように丸くした。僕が足元に着くと始めてニコッと笑って言った。

「ハイ、ソウデス」

僕は意味が分からず、

「僕、普通は山より海に強いのです」

「ソウイウ人、イマスネ」と先生は真面目な顔で答えた。

僕はそれをどこかで証明するため、先生をこの前ウーラと行った江ノ島へ誘ってみようかと考えた。しかし僕には、先生は裸にはなっても水着姿になることはないという確信に到り、そんな考えは場違いに思われ、それを押しつぶしてしまった。先生は裏山の陵の少し広まった草叢に入ると、スカートを落下傘のように広げて座り込んだ。長い脚はその下で仏陀のように胡座をかいているに違いなかった。

「ハイ、ソウデス」

この表現はよく出てくるから、スオミ語かフランス語の直訳なのだろう。先生は目を瞑って両手を突出た膝の上へ置いた。僕は横の空き地に膝を伸ばし、両腕で体を支え、汗を乾かしながら、先生が建長寺の大広間で座禅しながら師匠に鞭で打たれている場面を想像した。五分。会話はなかったので、僕の方が折れた。

「でも先生はキリスト教なのでしょう?」

「デモ、ソレ、ゼンブハ、ダメデス」

僕は先生の話は単語でではなく、図形にして理解するようになっていた。

「キリスト教、苦シミト一緒ニ歩ク、デキマス。キリストハ、十字架ヲ肩ニモッテ山ヲ登リマシタネ。禅、違イマス」

僕は何とかして、少しでも先生の重荷を軽くしてあげたい、と心から思った。しかし何が重荷か判らなかった。先生は再びモナリザのように目を丸め、

「キリスト教、重イ荷物ヲモツ、テツダッテクレマス。禅、ソレヲ肩カラオロスノ、助ケテクレマス。ナゼデスカ? 人間、タクサン問題アリマス、ツマラナイ問題、ソノコト、ワカリマス、禅ノオカゲデス」

だいたいこんな意味だった、と覚えている。更に何十分歩いたか、僕はいつも先生の歩調から遅れないように気を集中していたが、先生は上から僕を制して、

「ソコニ、ケッコウデス」

そして藪の中に入り、禅のときのように落下傘で座り込んだ。先生の頭は藪の中から蛇鳥のように

突き出ていたが、特に隠そうとはせず、北欧のヴァイキング時代の自然を想像した。それと共に乾いた草を叩く放水の音がした。

「オワリマシタ。アナタ、ダイジョブデスカ」

僕はこのソルボンヌの一角のカフェに座って、そのときの感動を生々しく思い出した。欧州で自然科学が発展したのは、何かを隠そうとする本能から精神を開放したからに違いない。

僕は先生と一緒にいる間はフランス語が上達しないと悟り、アテネ・フランセの夜の授業に出ようと決心し、週に三回、仕事の後に湘南電車で東京へ上ることになった。でも先生の離れ屋にも週に二回通った。東京の夜の学級には同じ試験を受ける人が数人おり、彼らはすぐにそれと判った。まだ若々しい女学生が多い中で、僕の競争相手は場違いの、黒っぽい背広とネクタイの社会人の中年男達で、フランス語を学ぶのが何かの間違いであることは明瞭であった。フランス人の先生が質問し、それに楽しそうに答える、それはいつも陽気な女学生相手であり、僕ら競争組は女学生への引け目と、回りへの牽制心から、なるべく目立たないように、できる限りは沈黙を守っていた。それでも一カ月も経つと、中年組だけで女学生組から離れ、少しずつ試験のことを話すようになった。

社会人組のうち、官庁の役人組や大学の先生方は、既にフランス留学中の先任者と入れ替わりに渡仏するようだった。ある男は珍しく私企業の会社員だったが、フランス企業との協力関係から交換生としての地位が待ち構えているとわかった。僕はあせりを感じて顔が火照った。この奨学生試験は、フランスと既にコネのある官庁や企業がフランス留学候補者を内定し、フランス政府がその候補者を公認するかどうかを決めるための口実ではないのか。だから選抜試験の土台は提出書類であり、その後に口頭試問がある。それなら、僕が横から割り込む余地なんてあるのかしら。私企業からの親切な男が僕に説明してくれた。

「この招聘制度はもともと、フランスが旧植民地や未開発国の将来の指導者を招聘し、フランスの良い印象を与えて元の国へ送り返す、という制度ですよ。だから他の留学制度に比べると奨学金額も取り扱いもよいが、留学期間は数カ月と短い」

「なるほど、長く滞在されてアラが見えても困る訳ですね。でも、そんな情報はどこで得られたのですか。フランス大使館からはそんなことは何も聞きませんでした」

「僕の会社はこの制度の常連です、フランスに工場があるので。それは留学生達の出身地を見たら判りますよ。アフリカの国、中東の国、タイ、インドネシア、日本、韓国、ヨーロッパの発展途上国のルーマニア、チェコスロバキア、ポーランド……。日本はもう発展途上国とは言えないから、間もなく廃止されると言う噂だから、急がないと」

僕はそう聞くと我慢できず、すぐに研究室に戻り、専門学術誌を数年遡り、僕の分野で発表文の多いフランス人の研究者を探した。そのような研究者がパリの近郊の研究所にいた。ルデレ教授。僕は急ぎ手紙を書いた。私は昔から教授の素晴らしい研究結果に興味を持っており、ぜひ教授の下で研究をしてみたい、つきましては今度、留学試験を受けるが、成功するには推薦状が必要で、ぜひそれを書いて下されたし。北鎌倉の先生が僕のフランス語を直してくれた。しかし口頭試問には間に合わなかった。

試験官が僕の前に一〇人はいたのを覚えている。どうやってその場に着いたか、どんな質問があったかは覚えていない。それほど質問は少なかった。試験はフランス大使館で行われ、審査長は大使館の科学関係の責任者だったらしい。このことはずっと後にパリで知った。パリ大学で日本経済についての討論会があり、いつも立ち上がり、会場を独占したがり、しかも同じことを繰り返す初老の人に会った。どこかで会ったな。会議が終わったとき僕はその人に話し掛けた。

「確かに東京のフランス大使館で科学顧問をやっていましたよ」

名刺をくれた。パリ大学理学部教授、マルク……。

「私は先生が審査長のときに試験を受けました」

「ああ、そうでしたね」

この人が僕のことを覚えている訳はない。でも僕は覚えていた。今のこの老人があの試験のときに僕に言ったのだ、僕が何年もフランス語の猛勉をしたことへの思いやりもなく。

「何なら、英語で話されても結構ですよ」

フランスの試験では一般に、まず筆記試験があり、次に口頭試問がある。筆記試験では定員の何割増しかの人数に口頭の受験資格を与え、口頭試問では試験官は筆記試験の結果を参照しながら、天国行きか地獄行きかを篩い分ける。筆記試験では匿名のまま採点されるから客観的な結果が得られる。逆に口頭試問では候補者の性や顔や名前や、ひいては家族関係まで開示されるので、試験官の判定は主観的になる。だから優秀な男でも、生意気であればあるほど篩い落とされる確立が増え、審査官が男のときは女性に優しいという傾向もある。

今にして思うと僕の留学試験は、筆記試験では自分のコネと留学希望の動機を述べる願書を提出することであり、口頭試問ではフランスに留学したい動機をフランス語かイギリス語で説明することだった（しかし、言葉の知識は重要でない、という注意書があった）。動機なんて誰でも同じような理由を挙げるから、差がつくのは各人のコネと社会的地位であり、試験官はそれで大体の合格者に見当をつけ、後は候補者の与える印象を加味して、ほぼ予定通りに部外者を振り落としていったに違いない。

僕は不合格の通知を受け取った。その年の五月、パリで学生騒動が持ち上がり、合格した者も出発は翌年まで伸ばされることになった。そのうちに僕はルデレ教授からの推薦状を入手した。僕は来年の受験のために推薦状をフランス大使館へ送った。フランス大使館からすぐに、貴殿を本年の試験に合格したものとみなす、という手紙を受け取った。たまたまの学生運動のお陰で、僕は合格組の留学出立に追いついたのだ。

「ソウデスカ、アナタ、イナクナリマスカ」

それから先生は膝がやっと入る机の下から長い脚を窮屈そうに伸ばし、僕の膝を足先で突っついた。いつもと違い、寛いだように机の上に肘を伸ばして顔を支え、いつものように目をすぼめ、じっと僕から目を離さなかった。少し遊ぶように、しかし気を配り、しかも落ち着いて。そして鉛筆を立てて僕の手の甲を何度も小突いた。フフフと声を抑え、子犬をあやすような仕草をした。僕は感激し、先生の顔を窺い、勝利を感じて胸が高まった。しかし僕は大人の余裕を見せたく、二、三分、絶望的に躊躇し続けた。いや二、三秒だったのかもしれない。先生は軽い気持でも力が強いから、僕は手の甲に鉛筆の先の痛みを感じたが、わざと手を引っ込めず、痛さを我慢したのを覚えている。血の気が上り熱く火照る顔を感じながら。先生はそのときは目を伏せていた、僕には長い睫毛の下は見えなかった。先生の顔は彫りが深く影が多いので、日本人の平らな顔みたいに意図が読めないのが不便だった。しかし咄嗟に考えた。今日を逃すともう二度とないぞ、君、勇気だ。もし先生が僕とは全く別のことを考えていたら、それは悲劇だ。だが、僕は明日にも先生の前からいなくなるのだ。僕は裏山を散歩したときの、何かを無為に逃したというやりきれない気持ちを思い出した。あのとき先生は僕に機会をくれたのかもしれなかった。先生が山歩きに誘ってくれたとき、僕は勇敢に先生の手を引いて山道を登ることを想像したのに、現実には僕は先生の五メートルも後を歩き続けた。僕は恥をかくのが怖くて一線を越せなかった。

僕はフランスへ行ってしまう、先生は鎌倉に残る。僕は一線を越し、先生の手を握った。生まれて始めての外国女性の手だった。低温動物のように冷たくて大きい。僕は跳ね除けられた。いや先生の握力が強すぎて、愛撫を強い拒絶と誤解したのだ、なぜなら、生々しく覚えている。僕が手を引こうとすると、先生は強く握り返し、僕の指の一本一本を千切るように自分の指の間に入れ、僕は動けなくなった。先生には普通の握力なのかもしれなかったが。僕は成功に驚き、胃が鉄片を呑んだように疼き、同時に、急に指導権を取った猿のように、何も僕の発展を邪魔できないぞ、と心で叫び、急に勇気でまた顔が火照った。手を先生のデコルテのシャツから胸の間に入れた。先生は机上の鋏の方を

見つめたまま、

「ソコマデ、イケマセン」

と言い、息遣いを少し荒げた。僕は先生の目が鋏に向いているのが気になっていた、先生は軽くうなりながら、その鋏を玩《もてあそ》ぶ。僕はやられるな、と思い、明日の新聞を考えた。留学前の若い研究者、年上の外人女性に殺害さる。しかし僕の手は、強く締まった大きなブラジャーの縁をかいくぐり、やっと先生の乳首に辿り着いた。乳房がほんの一部しか僕の掌に入らず、肌はザラザラとし、日本人ではない女性を感じた。先生は鋏から手を離したので僕は安心し、膝歩きで机を回り、先生の長いスカートの下から手を入れた。先生は軽い唸り声を繰り返しながら、ズボンの上から僕の雄鶏を抓《つね》るように握り締めた。僕は横になった先生のスカートの下からパンツを引き下げた、先生は軽く腰を浮かし、僕の操作を助けてくれた。でも何と出張った腰なのだろう、パンツはそれに比べればすぐにも破れそうに薄く透明で、その下に先生の雌猫が薄暗く見えていた。先生の雌猫は灰色に近く、日本の太い芝生のように上へ伸びるのではなく、細い芝生のように先生の肌に張り付いて広がっていた。六月のウインブルドンの、灼熱で灰色に枯れた芝生コートを思わせた。僕は芝生の上に這いつくばうように登り、前方に先生の高い鼻が左右にうごめくのが見えた。ヨーロッパ人が白人というのは誤解だ、先生は薔薇色だ。先生の雌猫に指を入れると先生は畳の上で体を、腰を中心にロックンロールみたいに揺らし、僕の指から匂いが部屋に広がった。先生は僕からズボンとパンツを一緒に引きずり下ろした。僕は先生の上になったが、先生のあらゆる大柄なものに比べると急に自分の雄鶏が豆粒のように小さく感じ、スペルムはそのまま先生の雌猫芝生の上に出てしまった。

先生はしばらく目を天井へカッと開いたまま腰で軽くリズムを取っていたが、僕が次に進まないのに気付き、動きをやめ、座り直し、

「ハイ、イイデショウ」

と言った。先生の顔は仄かな微笑みを浮かべ、現実に戻り、テキパキと着物を整えた。僕はどうしても先生を納得させねばと思い、更に先生へ挑戦しようとしたが、先生は毅然とした態度で繰り返した。

「ハイ、コレデ、イイデショウ」

僕は先生に窘《たしな》められたから、しかたなく動作を止めたのだと、どうしても示したかった。

僕は帰りの坂を急ぎ下りながら、鼻歌を歌った。真っ暗な畑の間を、ニヤニヤしながら。そして粘っこい指の匂いを時々嗅ぎながら、電車の中でも何にも触れないようにした。寮に着き、誰もいない風呂場の洗面所で、最後に匂いを嗅いだ後、やっと手を洗った。匂いは薄くはなったが、まだ残っていたのを覚えている。

先生に会ったのはそのときが最後ではない。藤沢駅で電車を待ちながら友達と話しているときに、先生が階段から下りてきた。先生と僕は距離を置いたまま、軽く笑った。でも僕は先生のところまで行く勇気がなく、わざと熱心に友達へ話し続けた。卑怯にも、急に先生に対する興味を無くし、自分が男らしく振舞えなかったのが恥ずかしく、また何より、フランスへ出発する将来に燃えていたのだ。

僕が先生へ出した手紙は〝該当者なし〟で、フランスまで送り返されて来た。

数年後、僕は日本へ旅行し、フィンランド大使館へ行き、〝平成四〇年代に北鎌倉にすんでいたフィンランド人の女性作家〟が今どこにいるかについて尋ねた。

「東京にスオミ会というフィンランド人の友好会があるので、そこに手紙をお書きになっては如何でしょう」

僕は東京のホテルに滞在し、顧客の会社を訪問しながら三日過ごしたときに返事を受け取った。

「一〇年くらい前まで鎌倉市山の内に、グン・ネアヴェルリという女性が住んでおり、円覚寺では虚士林（コジリン）という名だったようです。しかし彼女がお探しになっている人かどうか、何しろ禅をやるフィンランド人は沢山いますから」

僕は北鎌倉まで行き、トンネルを潜って、少し感じが違うな、と思いながら渡辺家を探した。渡辺家は見付からず、ただ離れ屋らしいものを見つけ、その近くで畑仕事をしていた老女性に聞いた。彼女は曲がった腰を伸ばししながら言った。

「アア、そんな外人女性がいましたね、でもヨーロッパに戻りましたよ、一〇年くらい前ですかなア」

先生がフィンランドで生きておれば、何歳だろう。僕は先生のソルボンヌにまでやって来たのに、先生のことを脇へ置いて忘れてしまっていた。自分の回りで起こることが余りに新しく、変化に富み、面白く、毎日駆け回ったからだ。僕は自分の生活が世界化の波に乗ってふわついている間に、尊い時代の精神を先生の思い出と共に永久に失ってしまった。今は自分を慰めるすべも知らない。

チンブクツ

スファックスのカフェにて。チュニジア

伝説によるとチンブクツは、ブクツという名の女性の所有する井戸（チン）の周囲に人が集まり、ニジェール河の泥を固めて家が作られ、町になったという。ついにはユネスコの世界遺産になるまでに到った。家は泥で作られ、太陽の熱と砂嵐を遮るために丈が低い。家を一歩出ると、そこから地中海にむかってサハラ砂漠が広がる。ヨーロッパ人には「チンブクツ」という名前は超神秘的な砂漠の町を想起させ、現実の世界を離れて地の果てに旅することを意味する。回教が広まる前夜、十二世紀の戦争や科学や音楽を語る手書き原稿や、一三〇〇年にアフリカ最古の回教寺院を建立した歴史がある。チンブクツは世界で五指に入る貧しい回教国マリにある。マリ国の予算はフランス人が年間に香水に費やすお金の半分だと言われる。周りの国々には石油やウラニュームや錫がとれるから中国人やアメリカ人がやって来るが、マリには何もない。あるのは砂漠とロマンの歴史だけだ。

僕はソフィアンから、「回教国ではカフェの中ではアルコールは禁じられているが、君は外国人だから、カフェでは外のテラスでなら飲ましてくれるだろう」と言われ、少し面食らったのを覚えている。なぜなら、日本人の僕には、この回教の国で禁断のアルコールは、外で飲むより、公衆に見えないカフェの中で飲む方が許され易いように思われたからだ。しかし僕は、回教徒にとっては家の中の方が神聖なのかもしれないとも考え、別にそれ以上は追求しなかった。

僕はパリから飛行機でチュニジア国の首都チュニスに入り、そこから汽車に乗って三時間半、スファックス市にやって来た。そこの大学で、むかし研究した金属と細菌の関係について話すことになっていた。サミーは車で駅まで迎えに来てくれた。

「どうしたのだ、顔に血痕がついているぞ。すぐ大学へ行って手当てしないと」

サミーは僕を見るなり言った。僕はチュニスの駅を出て間もなく起こったことを急に思い出した。

「アア、そう言えば、途中で砂山の影から数人の少年達が現れ、汽車にむかって石を投げ出した。その一つが僕の車室の窓を割ったから、そのせいだろう」

その少年達はニコニコ笑いこちらに手さえ振ってくれたので、僕も手を振って答えた。僕が少しも痛みを感じなかったのは、乾燥した空気のせいだったのかもしれない。額から流れた血は乾いた空気でそのまま固まってしまったようだ。僕は視界に現れては消える、左側の地中海の紺碧さと、右側のサハラ砂漠の白い熱気に呑まれ、その事件をすっかり忘れてしまっていた。

サミーはスファックス大学の実験室で、僕の額と顔をアルコールで洗ってくれ、その後に大げさに包帯で顔の半分を覆ってしまった。それから車で予定されていた僕のアパートまで送ってくれた。ただ、その途中、警察がサミーの車にむかって鋭く笛を吹いた。警察は車窓を開けたサミーにアラブ語で何か言った。サミーは免許証を探しながら、嘲笑するように唇を曲げた。

「速度違反だってよ」

それから警察にむかってフランス語で言った。

「僕等はこのとおり時速四〇キロで走っていますよ」

警察はサミーの免許証を見ていた。僕はすぐ話はつくものと思い、人々でごった返す交差点を眺めていた。駱駝に乗って道を横断する、頭から足まで白装束のトワレグ（サハラ砂漠を移動する回教徒遊牧民）、手を握り合って歩く、ジーパン姿の若い男達のカップル。回教の国チュニジアでは男同士が手を握り合って歩くのは普通らしいが、同性の手を握って離さない気持を理解するには、まだ時間がかかりそうだ。それが単なる友情の表現であるのなら、三人か四人が手を握り合って歩いていてもよさそうなものだが、そんな群れはいない。道を歩く女性は少ないが、いれば数人で群れをなし、明らかに男性とは間を置いて歩いていた。交差点の横で綿アメみたいな物を売っている男は色白金髪で、遠くからでも目が青いのが感じられた。この地方の山岳地帯に住むバーバリ種族はヨーロッパ系だと聞いていたが、その子孫なのかもしれない。ただ彼も周りのアラブ人と同じく、鼻骨が長くて、鼻腔が大きな鼻頭の下に隠れていた。乾燥地帯に住んでいると、湿気を保つために鼻が長くなるようだ。逆に僕ら湿地民族は、鼻が短く鼻腔が上を向いているから湿気に耐えられるのだろう。しかし乾燥熱気は別だ。僕の脳が乾燥した空気の下で半分麻痺し、一種の陶酔状態に陥っていたのは当然だった。

「大学教授ですか、ハハー、こりゃ大変ですぞ」

そんなフランス語がアラブ語に混ざって聞こえてきた。

「でも貴方もよくご存知のように、僕は違反なんかしていませんよ」

サミーは声を高めて抗議した。警察は逆に声を少し押さえて言った。

「いや、罰金を払わない方法があるよ。免許証にも罰点を記入しないよ。この宝籤を買いなさい。値段はたったの半ディナールだ」

二人はアラブ語で、ときどきフランス語の単語を混ぜながら、長いこと討論を続けた。それからサミーは意外に大人しくお金と宝籤を引き換え、何事もなかったように、アクセルを踏んだ。

「どうしてもっと抗議しないのだ？　こんな不当な言いがかりに」

「警察はお役人だから、内務省の命を受けて売っているのさ。どうしようもないよ」

彼も警察も一時は声を荒げたが、芯からは腹をたてておらず、交渉する余地を残し、飽きもせず議論していた。僕は彼等の、話し合いながら妥協点を見つける才能に感嘆した。これが地中海人の才能なのかもしれない。

僕は〝いすゞ〟の商業車がかなり走っているのに気が付いたが、どの〝いすゞ〟も砂漠の砂にまみれ、車齢以上に古くみえた。

「いや尤もだ。チュニジアには一時は何千台かの〝いすゞ〟の車が輸入されたが、その後にプジョーの組立工場が建設され、プジョーはチュニジア政府に強く働きかけ、〝いすゞ〟の商業車の輸入を禁じてしまったのさ。八〇年代の少し前の話だ。だから今見る〝いすゞ〟はみな骨董品だ」

スファックス大学での授業のあと、僕は街角にある、木陰に広がったカフェのテラスに席を取った。この熱い午後の終わりにビールを呑んでいる人がいない。皆がアラブ茶かコーヒーを飲んでいる。給仕が来ないので店の中に入ってみると、大勢の男達がテレヴィを見ていた。イタリアの歌の番組だった。何人かはビールのコップを持っているようだったので、僕は躊躇せずに注文した。

「ユンヌ・ビエール、シルヴプレ（ビールを下さい）」

この暑さだから、最初の喉の潤いは許されるべきだ。

「我々イスラム教徒はアルコールに触れることはできないよ」

「そこのテラスで飲むのでも駄目ですか」

「君がビールを飲みだすと、イスラム教徒は君と同じ円卓に座ってはならないのだ、君はせっかく遠くからやって来たのに、それじゃつまらないじゃないか」

僕はやはりソフィアンの言葉を誤解したのだろうか。あるいは時代が変わったのかもしれない。世界化の時世には、逆に皆が自分の特異性を主張するようになった。回教の特異性はその厳格な戒律だ。ソフィアンによると、イスラム（回教）とはアラブ語で〝服従〟を意味し、モスレム（回教徒）とは〝服従者〟をいうらしい。何への服従か、それは神の意志への服従だろう。

回教と異なり、ユダヤ教ではワインもビールも祭りや儀式で不可欠なものだ。ただしこれらはラビ（律法学者）の管理の下に、ユダヤ人の伝統に従って醸成した〝コウシャ〟飲料でなければならない。旧約聖書の創世記によれば、アブラハムの甥のロトは神の助けで低地の町を逃れ、娘二人と共に山の中の洞穴に住んでいたが、姉は妹にこう言った。

「父も年老いてきました。この辺りには、世のしきたりに従って私達の所へ来てくれる男の人はいません。さあ、父にぶどう酒を飲ませ、床を共にし、父から子種を受けましょう」

ワインと近親相姦はユダヤ人の存続のために許されたのだろう。

キリスト教の神父も、ぶどう酒を離れて考えることはできない。キリスト自身も、信者の結婚式で水をワインに変えるという奇跡を実現したではないか。キリスト教徒はぶどう酒をキリストの血とみなし、それを教会の儀式で使うから、神父は辺地に教会を開けばその裏庭に葡萄樹を植え、酒を作った。友人のラバルト神父は仕事と称して信者宅を訪れ、そこで酒を飲ませてもらうのを楽しみにしていた。

僕はカフェの中からコーヒーを持ち出し、テラスの円卓に座った。ここはカフェのテラスと言っても下は砂地だ。ここからは乾燥した背の低いオリーヴ樹群が秩序なく並んで見え、砂っぽい通りの向こうには灌木がオアシスみたいに散在し、乾燥地帯はそのまま徐々にサハラ砂漠へ連なって行くようだ。目の前の砂地を南西に下って行くとチンブクツに到るはずだ。振り返ってカフェの入口の方を探してみたが、このカフェには名前がない。チンブクツの方を向いているから、チンブクツ・カフェとでも呼ぼう。

一三〇〇年、チンブクツにはアフリカ最古の回教寺院が建立され、アフリカでの回教布教の中心地となり、アフリカ最古の大学も開校された。一五世紀、チンブクツはサハラ砂漠を利用して地中海岸と黒アフリカを結ぶ商業の要地となり、更には回教徒と知識人の集う文化の中心地となった。最盛期には大学に二万五千人もの学生を抱えたといわれる。

中世にはチンブクツの文化とこの国の領土は、ニジェール河から東へ五千キロ、半乾燥地帯のサヘル地方として、今のスーダンにまで広がった。その隣はエチオピアだ。

エチオピアのカッファ地方。コーヒーはここで発見され、それから回教の国へ広がった。日本では奈良時代の末期のことだ。羊飼いカルディは、羊の群れと一緒になだらかな丘の上を通るときに気が付いた。羊達は薄い日陰に育つ灌木の中に鮮血色の実を見つけては立ち止まり、それらの実を食べあさったのだ。羊群の中には不眠症の羊達がいたが、それらは赤い実を食べた羊達だ、とカルディは気が付いた。そこでカルディは自分でも赤い実を食べてみた。そしたらからだに新たな精気が湧き、気持が引き立ってくるのを感じた。エチオピア人達はコーヒー粒を強壮豆として、チューインガムのように嚙み始めた。

このコーヒーは一五世紀に回教の世界へ入り、広がり、回教国でそれまで隠れて飲まれていたアルコールに取って代わるようになり、北アフリカ全体を席捲した。コーヒーは一六五〇年頃にヨーロッパに入り、カフェの経営が始まった。このように、コーヒーはもともとアルコールに代わる飲み物として広がった。

回教の預言者マホメットはユダヤ教やキリスト教から袂を分かち、六三二年にアラビア半島で没したが、アラビア半島の軍隊はその教えを持ってアフリカの地中海沿岸諸国に持ち込んだ。アラビアの軍隊は女性を連れずに移動し、土地の女性と結婚して子供を作り、回教を広め、子孫は自動的に回教徒となった。その伝統は今でも続き、回教徒の男は非回教徒の女とでも結婚できる（できれば同じ聖書と神を信じるユダヤ教やキリスト教の処女がよい）。しかし回教徒の女は非回教徒の男とは結婚できないから、その場合は男は回教へ改宗しなければならない。

それに対して、ユダヤ人の身分は女系を通じて遺伝される。つまりユダヤ人の母親から生まれた子供は男でも女でも正統なユダヤ人となるが、父親がユダヤ人であっても母親がそうでない場合は、その子供達は特定の条件の下でしかユダヤ人になれない。

キリスト教はむしろ女系家族に近い、と思った経験がある。何も信じない僕がカトリックの女性と結婚することになり、しかも教会で結婚させられたからだ。神父様が神殿の前で、生まれた子供にはカトリックの教育を受けさせるか、と尋問し、僕は〝ハイ〟と答えねばならなかった。横で新妻が、僕が変な答えをしないように絶えず僕の方に目を配っていたからだ。僕は神父様の声の中に、〃貴方を救うことはできなかったが、せめて子供さん達を救ってあげましょう〃という、侵略的な親切さの響きを感じた。カトリック系の学校は世界的に評判がよいから、僕に別に不都合がある訳ではなかった。ただ、大きな疑問が残った。もし僕が仏教徒だったら、仏教だって同じような主張をしたいのではないか。

式後の宴会で、神父様がシャンパーニュを持って僕にお祝いに来たので、僕は覚束ないフランス語で尋ねた。

「親が子供を無理にカトリック式に教育しても、子供が物心ついたときに親の独断に反抗し、かえって不幸になることはないでしょうか」

神父様はどんな挑発にも自分を崩さない、深い慈悲の目で僕をジッと見つめながら言った。

「ムッシュー・シダ、神の教える三つの美徳は、セイジツと、キボーと、ジンアイです。人を愛することです。かくして世界は完全となり、戦争もなくなる。これはカトリックに限らない、普遍的な価値です。子供達は例えカトリックとして育てられても、一二歳になったら堅信礼があり、その際に信者として残るか、他の道を採るか、選ぶこともできます」

子供は一二歳になればそれまでに受けた宗教教育を批判するだけの分別がある、と考えるのは、僕には非現実的に思われた。しかし僕はそれ以上に挑戦的になることを慎んだ。

時代は変わり、サハラ砂漠を挟む北と南の交流には海路が開発され、砂漠民トワレグの仕事はなくなった。しかし彼等は今でも自由人だ。ヨーロッパ人は自然を征服しようとし、日本人は自然に順応しようとするが、トワレグはもっと極端だ。彼等は自分の駱駝や牛や羊や山羊を養うために生き続ける。そのために草原から草原へ移動し、テントを開き、テントを閉じ、後には何も残さない。彼等は自由民であると共に謀反民だ。自由を求めて、マリや隣国ニジェールの黒人政府へ謀反を起こし続けて来た。今でもマリとニジェール両国とアルジェリアとの国境を、昔のように自由に横断する権利を求めて謀反を起こしている。しかし時代は変わった。今の謀反の理由はコーヒーや回教の普及のためではなく、麻薬の販売網を確保するためらしい。

砂漠の井戸の話はチンブクツだけではない。このスファックスから東へ千キロ余り移動すると、当時のギリシャの植民都市キュレーネ（今のリビア）がある。ギリシャ人のエラトステネスはそこで生まれたが、エジプトのアレキサンドリアに移り住み、図書館で働いていた。紀元前三世紀の始めの話だ。エラトステネスはアレキサンドリアにやって来た旅行者から話を聞いた。

「シエネ（今のアスワン）に深い井戸があり、毎年夏至の正午には、太陽の光線が井戸の底まで照らしだす」

エラトステネスはその話を聞くと、すぐにシエネの井戸とアレキサンドリアの高い塔を関係づけた。太陽がシエネの井戸の底を照らすとき、太陽光線はちょうど頭の上から井戸の深さに沿って地球の球心に向っている。それと同時に太陽の平行光線は、地球円周方向に八〇〇キロメートル離れたこのアレキサンドリアの高い塔にもぶち当たり、平行光線と塔が作る角に相当する影を作るはずだ。その角と、井戸と塔の円弧距離八〇〇キロメートルに相当する地球中心角は相補角となるから、塔の高さと塔影の長さの比は、地球半径と八〇〇キロメートルの比と同じとなる。エラトステネスはこの比例式を用いて地球の半径を計算した。かくして計算された地球の半径は、正解の六四〇〇キロメートルから十数パーセントしか外れていなかった。

また、エラトステネスはナイル河の奇妙な動きを研究している間に、河の源は湖だ、と考えるようになった。湖のある国で大雨が降り、それが洪水を起こすのだ。ただ、交通機関のない当時は、水源にまで上って行って確かめることはできなかった。

南ドイツからスイスに広がる黒い森の住民達は、河の源に関して別の定義を持っている。僕はドナウ河の水源の町と称するドナウ・エッシンゲンを懐かしく思い出した。チュービンゲン大学の昔の同僚マリオンが週末の遠足に誘ってくれたのだ。

「ここからライン河の土手を這い登ると黒い森に入り、その中のドナウ・エッシンゲンという町にドナウ河の水源があるの。そこに日本語の碑があると聞いたわ。一緒に行ってみない？」

マリオンはシトロエンのドゥ・シュヴォー（二馬力）と呼ばれる古い車を持っていた。黒い森の道を左に曲がるときは、遠心力で助手席の僕の側が傾斜して車枠が道路と擦り合って、マリオンの体が僕の上に重なってきたし、急な坂を登るときは歩く速度と殆ど同じになった。

「どうしてこんな車を持っているの？　ドイツにはいい車がたくさんあるのに」

「いえいえ、この車すごいの。故障しても自分で修繕できるので、とっても楽しいの」

エンジン機構が素人でも判るようにできており、安給料の研究者には合っているそうだ。そう言えば僕はマリオンのスカート姿を見たことはなく、彼女のジーパンにはいつも錆が付いていた。

フュルステンベルク公爵家の公園裏の低地に〝ドナウ河の源〟という表示があり、排水処理槽みたいに広く丸い井戸があった。水の表面は井戸の底から湧いてくる弱い水流でときどき揺れていた。井戸の横にある碑はまぎれもなく、日本語で彫ってあった。

大きな河、ドナウの遠き、みなもとを、尋ねつつぞ、来て、谷のゆふぐれ。茂吉。

この斎藤茂吉の短歌のわきにはドイツ語も彫ってあり、僕はマリオンに説明する手間が省けた。

「この水源がどこでドナウ河になるのか、追って行ってみよう」

こんな湧き水がドナウの大河を満たすとは考えられなかった。マリオンと僕が公園の端を辿って行くと、幅が数メートルの川に出くわし、その一角に「ドナウの水源はここからこの川に流入する」という表示があった。実はこのドナウ・エッシンゲンの町で二つの中級河川（ブリガッハとブレッグ）が合流してドナウ河となるが、ドナウ・エッシンゲンの湧き水はその一角に注ぎ込むにすぎなかったのだ。二つの中級河川は黒い森かアルプスのどこかに水源を持っているのだろう。

「これじゃ詐欺と同じだ。マリオン、実直を誇るドイツ人として恥かしくはないか」

「でも、ドナウ・エッシンゲンはドナウ河の唯一の水源だとは謳ってはいないわ。だからケンの非難は当たらない」

僕等は町に上り、〝リセウム〟と表示された大きな建物の横を通った。それが学校とはすぐに判った。

「これはフランスでいう〝リセ〟(中・高等学校)ではないか。言葉も近いし」

「そうよ。ドイツでは普通には〝ギムナジウム〟と呼ぶけど」

「ギムナジウムというと体育館という意味だろ? どうして中・高等学校を体育館と呼ぶのだろう」

マリオンによると、それはギリシャ人のアリストテレスのせいだ。紀元前四世紀、彼は公立体育公園で哲学の教育を始めた。その公園の名が〝ギムナジウム〟で、その学校の場所の名が〝リセウム〟だった。

「イギリスでは、フランスのリセとドイツのギムナジウムに相当する学校を〝グラマー・スクール〟と呼ぶけど、なぜだろう」

マリオンの答えはなかったが、後で見た辞書によると〝グラマー〟とはアリストテレス時代のギリシャ語では「読み書きの技術」を意味する。つまりはドイツでもフランスでもイギリスでも、教育の源泉を辿るとギリシャに辿り付くのだ。ヨーロッパ人がなぜギリシャ文明を尊敬するのか、ヨーロッパ通貨のユーロ紙幣はなぜラテン文字とギリシャ文字で記されるのか、その理由が判る。ヨーロッパの衰退を述べるとすれば、それはギリシャ的世界の終焉なのだ。

僕がスファックスにまでやって来たのには別の理由があった。僕はセルジュの霊に憑かれていたのだ。セルジュは消えてなくなる前にこんなことを言った。

「僕はスファックスの近くで生まれた。僕の父は郵便局の職員で、母は助産婦だった。だから近所に子供が生まれるたびに、いつも家中が呼び起こされたよ」

セルジュはパリ大学で薬学部を終えたあと、官庁の臨時雇いとして働いていた。僕が何か情報を頼むと、いつもその仕事に自分なりの興味を見つけ、親身でやってくれた。最初に会った頃は、何とひ弱そうで壊れそうな男か、と思ったものだ。しかし彼の中には、身構えのない優しさと、手で触れてみたいような浮き彫り細工があった。

「スファックスから二百キロ南へ行くとジェルバという島がある。聞いたことがあるかい」

「ジェルバという名のカフェさえあるよ。パリのモンパルナス駅の近くに」

「僕のいうジェルバ島は、紀元前一〇世紀頃、ギリシャの詩人ホメロスがオデュッセイアの中で謳った〝蓮を食べる人達の島〟だ。ウリッセーズは三人の船員を偵察としてジェルバ島に送るが、島人達は彼等を襲う代わりに蓮を捧げてもてなし、それを食べた者は使命を忘れ、帆船に戻って来なかった。ウリッセーズは彼等を無理に船に乗せ、連れ帰った、という話だ」

「奈良の仏陀は蓮の上に座って瞑想する。大仏様の美徳が作用して蓮は花開くのだ。地上五千種以上の植物から、特に蓮が選ばれたのは西洋と東洋で共通だ。これは単なる偶然ではないな」

「ジェルバ島にはアフリカで一番古いユダヤ教寺院がある。参詣者の病気が奇跡的に直ったのでも有名だ。僕も母と妹と一緒に、二年に一回はジェルバに戻る。海も綺麗だし」

「キリスト教徒はルルドに参詣して病気の全快を祈るらしいが、奇跡が起こる場所は宗教により異なるのだな」

「本当のところ僕がチュニジアに住んでいる頃は、自分が周りの回教徒と違うという意識さえなかった。ただ、皆は金曜に休むのに、僕の両親は土曜に仕事を休んだのは覚えている。〝サバス〟と言って」

「東洋人の僕が日曜に休まされるのは、キリスト教徒のせいなのだな。植民主義者め」

「土曜日には、ユダヤ教徒はお金に触れてはならないのだ」

「我家の筋向いのチュニジア・レストランはユダヤ系の店で、クスクス（蕎麦ご飯）の材料もビールもコウシャ製品だ。その店は土曜にも開店しているぞ」

僕はコウシャ・スシさえ販売し始めたユダヤ系商人を揶揄するつもりだった。

「ケン、店主はその日は店を従業員に任せ、本人はお金に触れていないはずだよ」

セルジュはガン治療の副作用で食道に静脈瘤が生じ、それが破裂すれば死が訪れるという不安定な生活を送っていた。しかし彼の石版画に対する情熱は大きく、時間があるとヨーロッパの古本市を巡っていた。

「ブラッセルでの古本市で日本の古い本を見つけた」

ある日彼はそう言って、日本の大正時代の教科書を僕に買ってきてくれさえした。僕はこだわって、彼にお金を返した。これが最後の付き合いになった。

セルジュは二八歳で亡くなり、ヴェルサイユ近くのユダヤ人墓地に埋められた。僕はそのときに始めて彼の母親と身体障害者の妹にあった。僕は病人のルルド参詣のことで彼をからかったことを恥ずかしく思い、母親と妹に話し掛ける勇気はなかった。僕は僕の母が亡くなって以来、始めて涙をこらえることができなかった。セルジュのために募金がなされ、集まったお金でイスラエルの半砂漠に、セルジュの細い体に代わる一本の木が植樹された。

カフェの中からはまだイタリア語の番組が流れているようだった。フランスの植民地だったチュニジアの国民がイタリアのテレヴィに熱中しているのは意外だった。しかし地中海の地図を見ると、イアリアの南端に一番近い国はチュニジアなのだ。イタリアの長靴の爪先から海上を少し南下するだけでチュニジアに着く。だからフランスがチュニジアを植民地にしたときイタリアは屈辱を感じ、第一次世界大戦直後に現れたムッソリーニはチュニジアの隣国リビアからそれまでの宗主トルコを追い出し、イタリアの植民地にした。

僕はカフェのテラスで立ち上がったが、僕の脳と内耳に熱気が触れたらしい。一瞬、僕の意思と関係なく頭が右へ傾き、そのまま斜め右へ数歩進んだ。幸いに僕の宿舎はこのすぐそばだった。

僕は夢の中で誰かとベッドにいた。彼女は何となくマーガレット・サッチャー夫人のように思えた。

「何だ、レディ・サッチャーじゃないか」

と僕が聞くと彼女は答えた。

「そうじゃないわ。あたしはディム・マーガレットよ」

「レディもディムも同じじゃないか」

「そんなことはないわ。あたしはサー・デニスの妻だからレディ・サッチャーなのではなく、あたし自身がディムの称号を持っているのよ」

僕は面倒臭くなって手を伸ばしたが、それは彼女の胸にまでしか届かず、どうしてもそれから下へ進まなかった。夢と現実の境目で、僕の宿舎の雄鶏がまず鳴き声を上げ、それに答えて近所の雄鶏群が一斉に合唱を始めていた。夢から覚める数分の一秒の間に僕はチュニジアからイギリスにまで旅行し、またチュニジアに戻ってきていた。時計を見ると夜の十一時だった。この国の一番鳥は夜の十一時に鳴きだす。それも暑さのせいかもしれない。

どうして彼女と同じベッドにいたのだろう。サッチャー夫人は政界に入る前は同じ知的財産界で働いていたことが頭にあったからか。あるいはスコットランドの結婚式に招待されたときの出欠回答書に「公爵」「伯爵」「男爵」「ドクター」などの欄があり、「ミスター」の欄に印を入れたときの空しさを感じたせいか。またはジュネーヴの世界知的財産機構で、隣にいた南アフリカの同業者に「ミスター・クラヴェル」と話し掛けたら、横の奥さんから「主人は〝サー〟です、〝サー〟」と注意されたときの白々しさが残っていたせいか。

僕は汗をかかない暑さにどうしてよいか判らなかった。これから明日の朝まで寝なければならない苦痛にどうしようかと迷い、手洗いに起きた。洗面所には紙が見つからず、周りの棚を探し回った。やっとソフィアンの説明を思い出した。この国の人々は紙を使わず、便器の中に流れる水を手ですくって洗う習慣だったのだ。日本式の自動水洗器が中近東でよく売れ始めた訳だ。明日は新聞でも買って紙を貯めておこうと思った。

僕は再びベッドに寝転んで考えた。この暑さなら太陽が拡張して地球に近づき、地上の万物を焼き焦がす五億年後を待つまでもあるまい。逆に、エラトステネスの半径に沿って地球を五〇キロメートルだけ内に進むと温度は五〇〇度になり、その中心は五〇〇〇度以上で太陽表面と同じ温度になり、その内に地球は破裂するだろう。どちらが先に起こるのか。チンブクツのユネスコ文化遺産やジェルバの寺院を保存する努力は、本当に努力に値するのだろうか。

エアザッツ

カフェ・ル・デパール・サン・ミッシェルにて。サン・ミッシェル広場、パリ五区

〃エアザッツ〃とはフランス語でもイギリス語でも、間に合わせの代用品、二流品、安物を意味する。この言葉はもとのドイツ語では〃代用品〃を意味し、蔑視的な響きはない。ただフランスはドイツとの戦争中に品不足で苦しみ、安物の代用品で我慢したので、恨みを込めてこのドイツ語を転用したらしい。つまりフランス語とイギリス語でのエアザッツの意味は、もとのドイツ語の意味からずれてしまった。正義にも間に合わせの正義がある。〃ポリスは多いが、正義は皆無〃、この言葉はいつも警察の取り締まりで苛められる、色の黒いパリ郊外族が吐いた名言だ。〃最善の判決も最悪の和解に如かず〃、これは歴史が作った格言だ。

約束の時間が近づいたので、僕はサン・ミッシェルのカフェを出て、だだっ広いサン・ミッシュル橋の舗道を欄干に沿って裁判所の方へ急いだ。同じ舗道の車道側の端を、すれ違いに中年の女性が通り過ぎようとした。わざと素知らぬ振りをした顔が逆に僕の目を惹いた。あの、遠くからも感じる真っ青な目を誰が見逃そう。弁護士のヴァネル女史だ。飛び掛ってあの目にパンチをくらわしたい、この機会を逃すと二度とこんな機会は訪れないぞ、僕は血が顔に上るのを感じ、裁判所の中で十字架を振りかざして悪を追い払う構図が頭を横切った。

「嘘つきオバサン、よく恥ずかしくないですね、貴女の職業倫理はどこへ行ったの」

ヴァネル弁護士はこのような言語上の攻撃は仕事の事故として受け止めているようだった。

「私は依頼人を弁護しているだけです。変なことをすると警察を呼びますよ」

僕をこれ以上の気まぐれ発作から引き止めてくれたのは、悪い思い出があったからだ。ちょうどこの橋の上で僕は数人の警官に呼び止められ、威嚇されたことがあった。

「お前の鞄を開けろ」

一人の警官が僕に言った。近くで学生騒動があったせいだが、多くの人が通っているのに、なぜ僕だけを捕まえて鞄を開けさせるのか、と癪にさわった。

「もし開けたいのなら自分で開けたらどうですか」

と答えたら、警察は腕で僕の肩を小突き、

「豚箱に入りたいか。お前の国へ帰りたいか。これが最後の警告だ。鞄を開けろ」

僕はそのとき以来、怒りとは逆の態度を取ることに決めていた。今の僕には衝動を抑え、それを穏やかな声に変える年功ができていた。

僕はフランスで最も大きなベール法律事務所で一〇年働いたが、若いヨーロッパ人はどんどん専門家になるのに、僕は東洋関係の補佐役から一歩も出られず、嫌気がさし、もっと自由にやれそうな小さなエッフェル事務所へ転職した。幾つかの日本の依頼企業は僕の転職と共にベール事務所を離れ、その内の幾つかはエッフェル事務所のお客さんになってくれた。そこでベール事務所は僕を不正競争法で訴えた。当事務所の旧来からの依頼客を僕が盗んだ、という理由だ。

しかし日本人の僕にとっては、自分の文化と言葉のせいで親しくなり、一緒に仕事を始めた日本企業の幾つかが、僕の転職と共にエッフェル事務所の新しいお客になってくれたのは、ある程度は当然の流れだった。A社からは「貴殿と日本語で仕事をする約束でベール事務所へ依頼していたのだから、今後は貴殿の新しい事務所で仕事を継続してくれないと約束違反だ」とまで非難された。ベール事務所はこの企業さえ、僕が盗んだ客の一つとして訴状の中で挙げた。

僕は日本人の几帳面さで、年末の一二月三一日が退職日となるように三カ月前の一〇月一日に退職を申し出た。最初はベール事務所のモッシュ所長やスルノワ副所長やコン副々所長からレストランに招待され、退職を思い止まるように、転職先のエッフェル事務所には損害弁償をしてあげるから、と説得された。僕が断ると急に風向きが変わり、もしベール事務所の日本客が事務所を変えたら裁判所へ訴えるぞ、と何度も脅され、僕には耐性ができ、一種の横柄さで彼等を無視した。後でベール事務所の友人は言った。

「あーあ、退職願いを出す前に、僕にひとこと話してくれればよかったのに」

「ご免、ご免。モッシュ所長に退職の意向を伝えたとき、誰にも話すな、でないと裁判になるぞ、と脅されたからだ」

「この事務所では一二月の始めにボーナス配分会議があるから、退職する者はボーナスの配分が決まってから退職届を出すのが常識なのだよ」

「そんな情報はどこに書いてあるのだ？　フランス人仲間の間での口伝か。でもボーナスはその年の成績に従って配布されるのが当然で、僕は一年一杯働いたのだし、対外的には秘密を守ったし、ボーナスは当然くれると思うよ」

実にこれが甘い考えだった。日本でなら悪くても妥協的な額が支給されようが、ここフランスではお互いに百％を主張し、それから闘争し、力の加減で結果が決まるのだ。だから僕のボーナスは百％カットされた。

ベール事務所が書留で僕に裁判所への召喚状を送ってきたときには心臓が縮まり、痛んだ。訴状では、僕がベール事務所の依頼客を横領し、不正競争法を犯した、と述べられていた。統計によるとフランスでは四人に一人が裁判沙汰に引き込まれ、多くは負けるのだそうだ。僕もその一人になったのか。

二回ずつの敵意に満ちた書類の交換と、両事務所による回答期限の延長合戦の後、やっと一審のパリ大審裁判所は公開弁論のため両者を召集した。

原告ベール事務所の魅力的な弁護士ヴァネル女史は、三人の裁判官の前でこう宣言した。

「ベール事務所はムッシュー・ウシダがフランス国籍を取れるように、一生懸命努力していた最中に、氏はこのような裏切り行為に出たのです」

僕はフランス人と結婚したときにフランス政府からフランス国籍を取るよう勧告されたが、それを断った経歴がある。国籍で自分の顔形が変わる訳ではなく、日本国籍の方が身に合っていたからだ。

女性の裁判長はヴァネル弁護士に質問した。

「ベール事務所はムッシュー・ウシダとの間で、依頼企業の横取りを禁じるような労働契約をしていましたか」

「裁判長、残念ながらそれはできませんでした。ムッシュー・ウシダが〝日本文化の下ではそのような契約は必要でないばかりか当人の恥になる〟というので、ベール事務所は例外的に、ムッシュー・ウシダとだけはそのような契約を結んでおりませんでした」

嘘つきめ。パリみたいな大都市周辺の事務所は、どこもそのような契約を結べない。ヨーロッパの不正競争法に触れるからだ。しかし僕の弁護士ソレル氏は、そのような嘘にでも即座に対応できるような知識は持っていなかった。

ヴァネル弁護士のこれらの虚言は、裁判官に礼節を知らない外国人の悪い印象を与え、裁判を有利に導くためだ。しかし一度そう言われ、裁判官に先入感を与えてしまうと、そうでないことを証明するにはどうしたらよいのか。僕は日本で働いている頃、同僚から「貴方、昨日会社の某子さんとバーに行ったでしょ、知っているわよ」と皆の前で宣言され、身に覚えのない誤解を否定するのにむきになればなるほど、皆の顔が曖昧な苦笑いに変わっていったのを覚えている。客観的な反証を出すには時間がかかり、人の興味は時の経過を待ってくれないのだ。それと同じことがフランスでは裁判所で起こる。

悪いことに、ヴァネル弁護士が僕の名前をウシダ、ウシダ、と復誦するのにいらいらし、僕の名はウシダではなくウチダです、と叫んだ。机の上に目を伏せていた三人の裁判官が一斉に顔を上げ、ヴァネル弁護士は口の中でモグモグとムッシュー・ウチダと言い直した。後で僕はソレル弁護士に強く言い含められた。

「今後は何も発言しないで下さい。裁判官に悪い印象を与えるだけだからです」

訴えられているのは僕なのに、僕が発言してはならないという規則は誰が作ったのか。

モッシュ所長はベール事務所が裁判での勝率がよい理由について、いつも得意そうに解説していたのを覚えている。

「旗色の悪いときは、裁判所にはなるべく厚い書類を提出することだ。フランスの裁判所では案件が貯まりすぎ、裁判官にはそれを消化し理解する時間がない。だから彼女はそのときの気分で判決を下す。なぜ彼女？　フランスでは裁判官の三分の二が女性だからだ。職業が子供を育てるのに向いている。仕事は安定しているし、出張もない。医者と違い、間違った診断をしても非難さえされない。弁護士には権威者を雇え、裁判官達は口頭弁論の日まで書類に目を通さないから、権威者の第一印象が書類の解釈を決めるのだ。

更に望ましいのは、厚い書類の一番上に被告の月給表を乗せておくことだ。裁判の目的なんてどうでもよい。裁判官の給料はあまり良くないから、自分より稼ぎのよい被告に対し反感を抱くのは当然だ」

ベール事務所の僕に対する訴状は、その言葉をそのまま実行していた。ましてや裁判官より給料のよい被告は外国人なのだ。

更に月給表の下には、ボルドーのレストランの領収書が挟んであった。ペトリュスの瓶の破格な値段がすぐ目に付いた。僕は透かし模様で思い出した。日本人客と僕が四人でボルドーへ旅行したとき、モッシュ所長は僕の辞退に耳も貸さず、ボルドー支所の腹心のZ女史に僕等を接待させた。Z女史は自分の夫をこの接待に参加させ、夫がこのワインを注文したのだ。しかしこの説明なしの領収書では、僕がベール事務所のお金で、一夜で裁判官の月給に当たる費用で日本人客を接待し、今はそれらの顧客を盗もうとしていることを示唆していた。

例外的に二回目の公開弁論の日が指定され、同時にソレル弁護士に、これまでの三人の裁判官の構成は変更される、という通達がなされたが、他に何の説明もなかった。ベール事務所はアメリカ系の大きなB調査会社に注文して、僕が盗んだとする企業に関する報告書を作成させ、裁判所へ提出した。日本人なら誰でも知っているが、日本には同じ財閥の名前（ミツビシ、スミトモ、ミツイなど）を頭に付けるが、内容は全く異なる会社はたくさんある。ベール事務所は何の説明もせずにB社に調査させたので、提出された統計では、同じ財閥名から始まる別会社が同一会社として取り扱われたり、同じ財閥名だが関係のない会社が統計に現れたりした。ただ、調査会社のいかめしい印鑑と、分厚い統計書だけが、その信憑性を主張していた。あたかも僕がそれらの企業を全て横取りしたように。しかし、一度そのような統計が提出されると、それが誤解を狙った統計であることを反証するには、更に厚い書類と多くの時間を要する。週に三五時間しか働かず、既にベール事務所の分厚い書類で嫌気を催しているフランスの裁判官に興味を湧かせるにはどうしたらよいのか。

一二月三〇日、ベール事務所を去る二日前、スルノワ副所長は荒々しい顔つきで僕の部屋になだれ込んできた。

「ムシュー・シダ、貴殿は四〇枚のディスケットを注文した。何に使うのか説明して貰いたい」

「誰からそんなことを?」

「それはどうでもよい。当所の書類を記録し、盗むのは犯罪だ」

「モッシュ所長の秘書から、退職前に全書類を電子文で記録してくれ、と頼まれたから、そのためにディスケットを注文しただけです」

「…………」

スルノワ副所長は自分のパラノイアの度合いに気付いたようだ。

「そうすると、事務長秘書のR女史が貴殿に告げ口したのですね」

「いや、御免なさい。何しろ貴殿が辞めるので、私も気が転倒しているのです」

「ちょうどよい機会だからお願いしますが、明日が僕の最後の日です。特定の日本客には僕が辞めることをチャンと予告した方が礼儀に適い、その方が大事務所として尊敬を集めると思います。数人の客にファックスで僕の退職を伝えてよいですか?」

スルノワ副所長は否定できる立場になく、弱々しく「ウイ、ウイ」と言った。

僕はかくして仕事中に知り合った数人の日本の友人へファックスを出し、退職することを伝えた。ベール事務所はこれらのファックスを田舎の裁判所付きの翻訳者に頼んでフランス語へ翻訳させ、裁判所へ提出した。もちろん僕がベール事務所の旧来の客を勧誘したことを主張するためである。僕は国際会議場でスルノワ氏とすれ違ったので、「ファックスは貴殿の同意の下に出したことを覚えていますか?」と言ったら、氏は呆《とぼ》けた顔をした。これらのファックスの翻訳は日本語のニュアンスを伝えない荒い訳だったので、僕は翻訳の間違いを指摘し、自分の日本語を自分でフランス語に訳す破目になった。しかしベール事務所は、被告本人の翻訳には信憑性がないと反駁したので、結局は僕は更に法廷翻訳者に反証用の翻訳を依頼することになった。

僕が準備した書類を持ってソレル弁護士を訪れたとき、氏は言った。

「書類が厚すぎます。これでは相手の思いの壺にはまる。裁判官が書類を面倒臭がると、どうしても相手の大事務所の主張を採ります。何しろ相手はフランスで有名な法律事務所で、貴方は外国人に過ぎない。書類はもっと判り易い方がよい」

「ご覧下さい、ベール事務所は〝ウチダ氏は年末の一二月三一日に退職したのに、翌年の一月五日には既にエッフェル事務所の名で、自分の顧客群の、複数の特許を出願している〟と主張しています。しかし奇妙なことに、証拠としては一月五日の出願書ではなく、同じ年の八月に出願されたC社とD社の特許出願書の表紙が提出されています。ベール事務所に一月五日の出願書類を提出するように催促してくれませんか」

「確かに相手がこの個所で何を言いたいのか不明瞭です。が、無視しましょう。相手は証拠書類さえ提出していないから、答える必要はありません。そうでないと答えが複雑になりすぎ、裁判官が無視してしまいます。何れにしろ、今までの判例から見て、我々の方が有利なはずです」

これは僕がモッシュ氏から聞いていた裁判官評と一致したのでソレル弁護士の意見に従い、余計な催促はしないことにした。

かくして、二回目の弁論の日に到ったのだ。しかしエッフェル事務所の弁護士が姿を見せないので、ソレル弁護士は電話で探し続けた。女性裁判長はお構いなく、ヴァネル弁護士とソレル弁護士にそれぞれ簡単に、二〇分ずつ弁論するように指示した。裁判長はその後すぐに閉廷を宣言し、裁判所の判決は三カ月後に通達される、と宣言した。

その頃になって電話があり、ソレル弁護士が押し殺した声で言った。

「ムッシュー・ウシダ、カタストロフです」

パリの大審裁判所が判決を下したのだ。

「……ウシダ氏は日本文化の伝統によれば、仕事で交信中の相手には自分の退職を予め知らせる義務がある、と言うが、例えそのような文化があるとしても、フランス法が禁ずる依頼企業の横取りは許されない」

僕にはその部分だけが真っ先に目に飛び込んできた。やはりベール事務所が繰り返して僕の〝日本性〟を攻撃したのが功を奏したのだ。

ベール事務所への損害賠償は、僕とエッフェル事務所の共同負担で三千万円、更に相手の裁判費用五〇万円の支払を言い渡された。しかも裁判が故意に遅らされたという理由で、賠償額の即時支払いが命令された。

エッフェル事務所の会長が僕に内緒でベール事務所へ電話し、和解を申し込んだらしいが、相手は勝った勢いにのり、高い和解金を吹っかけてきた。僕は和解を拒絶したので、会長は僕との使用契約を破棄するぞ、と脅し始めた。僕はもしエッフェル事務所が身を引くのなら、自分だけで高等裁判所へ上訴することを伝え、同時に銀行の口座を変えた。もし負ければアパートが差押えされるか銀行の口座が狙われると思ったからだ。意外にも普段は何も言わない社長が、「ケンは最後まで行かないと満足しまい」と弁護してくれ、会長は僕の説得を諦めた。

僕は一〇ページそこそこの判決書を繰り返して読む内に、奇妙なくだりがあるのに気が付いた。

「一通のファックスは依頼客というより友人に宛てられ、エッフェル事務所の宛先は記載されていないものの、オッシュ並木道という通りの名があるから、簡単に同定されたはずだ」

このファックスは大学の先輩、今は大会社Eの重役に僕の退職を知らせたものだった。この先輩は知識財産とは関係なく、ただモッシュ所長と僕が東京へ行ったときに車で送ってくれ、夕食に招待してくれた人だ。僕はこのファックスの中ではカタカナと漢字を混ぜて「オッシュ通りにあるエッフェル事務所」と書いたのだが、ベール事務所の翻訳者はそれを〝AVENUE HOCHE〟にある〝CABINET AIFELLES〟と完璧に訳して提出したのだ。日本に住む通常の日本人が「オッシュ通」と「エッフェル事務所」というカタカナ漢字の表現をこのようなフランス語に再生できる訳がない。日本語で「通り」と言っても「ストリート」、「ブールヴァード」、「アヴェニュ」と三種もあるのになぜアヴェニュと訳せるのか、と僕は主張したのだが、裁判官はそんな詳細にはお構いなく、ただ最初のベール事務所の翻訳と主張をそのまま判決書へ写し変えただけだった。やはり裁判官へ与える第一印象が重要で、裁判官は面倒なことは避け、第一印象で家へ帰り、その後は子供の学校のことで頭は一杯なのだ。

僕は憔悴して、ソレル弁護士に向って叫んだ。

「冗談じゃない、僕のファックス宛先の五会社は、どれも今のエッフェル事務所と何の交流もないのですよ。だからファックスと客の横取りの間には因果関係が全くない。しかもこれらファックスはスルノワ副所長の許可で出したものです」

「そんなことは裁判所にはどうでもよいのです。誰かに退職を予告したという事実が、ベール事務所の旧来の客にも予告したはずだという第一印象を与えたのです」

ソレル弁護士は申し訳なさそうに言った。

判決書は更に続いた。

「ウシダ氏は一二月三一日に退職したが、エッフェル事務所は翌年の一月五日に既にF社の特許を出願している。しかも、ウシダ氏とF社の部長の間に個人的な友好関係があったことが判る。従って、F社は一二月三一日以前、つまりウシダ氏が転職する前にエッフェル事務所へ書類を送り、ウシダ氏が入所次第、つまり一月五日に出願した」

ベール事務所の提出した証拠書類には、F社が当事務所へ送った次の手紙があった。

「当社は昨年ウチダ氏が当社を訪問した際に、今後の新書類は氏にお願いする、と約束したことをお伝えします」

F社では同じような問題がドイツのK事務所とW事務所の間で起こったが、両事務所は紳士的に「F社はどちらを選ぶか」と聞いてきたので、F社が「K事務所に依頼する」と答えたら、問題はそれで解決した。F社はフランスでも同じ要領で、ベール事務所へ「エッフェル事務所に依頼する」と通知し、理由として「既に……氏に約束したから」という一文を付け加えた。

ところがカトリック的猜疑心に充ちた裁判官達は、その手紙を、僕が顧客を横取りしたという前提を正当化する目的で使った。もともと僕等のような事務所は顧客のために働くサーヴィス業だから、顧客はサーヴィス力のある事務所を選ぶが、事務所が顧客を選べる訳ではない。裁判所はそんな常識には無頓着で、日本企業は個人の勧誘だけで簡単に事務所を変える、という結論に到った。特に日本人と日本企業の間だから。F社は「既に……氏に約束したから」という言葉を使ったが、それは僕の意思とは独立なはずだ。それは、僕が横取りの意図でF社を説得して「約束させた」という証拠にはなるまい。しかしそんな抗議には裁判官は一言も答えない。

僕はオマールとマルシャル夫人の事件を思い出した。金持ちのマルシャル夫人はお城に一人で住んでいたが、薪で頭を殴られ、ナイフで喉を掻き切られて死んだ。しかし彼女は死ぬ前に少々の時間を見つけたらしく、ボイラー室の戸とワイン倉の戸の上に自分の血で、それぞれ「オマールが私を殺した」と書いた。オマールとは、お城の庭掃除をするモロッコ人だ。かくしてオマールは、他に何の証拠もないのに、自分と関係ない他人の一言だけで一八年の刑に処せられた(後に別の証拠が現われて再審)。

ベール事務所は、日本では年末から翌年一月三日までは休暇中だから、僕は退職する前からエッフェル事務所と組んで書類を準備し、一月五日に出願したに違いない、と主張していた。要するに判決書はベール事務所の言い分をそのまま判決書へ写し変えたにすぎない。

ばかばかしい。まず、F社が僕の依頼人であれば、僕がそこと個人的な友好関係になるのは当前の流れだ。そうでないとちゃんとした仕事もできまい。また、僕はヨーロッパの特許を扱っているのだから、日本が正月に三日まで休んでいるかどうかなどは関係ない。ヨーロッパの官庁は一月一日だけが休日だから、もし前年中に準備しておれば五日とは言わず、二日にでも三日にでも出願できたのだ。判決書には、僕とエッフェル事務所の名が印刷された、一月五日付けの出願書の表紙が添付されていた。僕は血が頭に上り、疑いが湧いた。僕は本当に退職のたった五日後に、ベール事務所の旧顧客を代理するなどいう馬鹿なことをしたのだろうか。

僕は半信半疑のままヨーロッパ庁へ、一月五日出願のF社の特許に関する書類の写しを要求した。一週間後に出願経過の記録を受領した。そして、この特許はベール事務所の名で一月五日に出願されていたことが判った。ただ、僕の転職が一月一日付けでヨーロッパ庁へ登録されたので、当庁は気を利かせて代理人をエッフェル事務所へ変更し、上記出願書の表紙を印刷したのだ。僕はこの瞬間の安堵と清廉な気分をできるだけ長く保ちたく、書類を抱えて近くのカフェ〝ビア・ステーション〟へ急いだ。

でも裁判所が僕でさえ持っていないこの出願書をどうして手に入れたのだろう。裁判には原告と被告がいるから、一方が他方に内緒で裁判所へ働きかけることは禁じられる。しかしベール事務所は被告である僕に隠し、何らかの手段でF社出願書の表紙を裁判所へ渡したことになる。どのような手段を用いたのだろう。ニース市で起こったばかりの、裁判官と秘密結社〝フラン・マソン〟の間での醜聞が僕の頭を横切った。ニースでは裁判官と市と受注会社の間の闇取引があり、正義漢のド・モンゴルフィエ検事は裏にフラン・マソンの蜘蛛の巣が張り巡されており、裁判官が裁判書類を秘かにフラン・マソンに渡していたことを糾弾した。真実の調査に当たった司法査察局は逆に「モ検事は悪口を言い触らしているにすぎない」と逆襲した（最終的には、司法査察局自体が業界を守るためにモ検事の糾弾を揉み消そうとしたことが判った）。裁判官にはフラン・マソン会員が多いと聞くし、ベール事務所にも少なくとも二人の会員がいるという噂を聞いたことがある。

僕は偽の書類提出の理由で、フランスとヨーロッパでの業界の倫理委員会へ訴状を送り、エッフェル事務所はヴァネル弁護士を弁護士会へ訴え、同時に僕は自分の弁護士を変えようと決心した。この職業では、大事務所の弁護士は、心から一件に打ち込むより、雑にでもなるべく多くの件を処理する方が儲けに繋がり、自分の出世にも通じるのだ。ソレル弁護士は特許制度を理解しようとするより、いつも簡単な解決法を求めていた。

それから数週間後、ベール事務所時代の同僚のザヴィエルから電話があった。彼は僕の二年後にベール事務所を退職し、今はやはり「不正競争法で訴えられている」と言った。

「ベール事務所は僕を民事裁判所へ訴えたが、僕の新しい事務所は〝不正競争法の管轄は民事ではなく労働裁判所であるはずだ〟と主張した。そこで裁判は中断され、管轄権の問題だけが高等裁判所へ上訴され、結局は民事裁判所への訴えは無効とされ、ベール事務所は新たに労働裁判所へ提訴してきた。噂で君も訴えられたと聞いたが、その後どうなったのだ？」

ベール事務所と僕とエッフェル事務所のそれぞれの弁護士と裁判所は、不正競争の訴えに関する管轄権さえ知らなかったのだろうか。

僕は友人に頼み、ナンテール大学長の教え子の弁護士を紹介してもらった。弁護士ヴィラロンガ女史は父親がスペイン人、母親がドイツ人で、ドイツ語が流暢なので、女史の事務所にはドイツ人の研修生が二人いた。

「ドイツの会社がフランスの裁判所で争うとき、裁判官はフランス側に有利に判決する、という印象を持っています。私はそのようなドイツのお客さんを助けるのが使命です」

僕はまず、頭から離れないベール事務所のヴァネル弁護士の話をした。

「ベール事務所はムッシュー・ウチダがフランス国籍を取れるように、一生懸命努力していた最中に、このような裏切り行為に出た、と平然と言ったのです。真っ赤な嘘なので、何とか復讐したいのです」

「ムッシュー・ウチダ（彼女はドイツ系なので、僕の名前を〝ウチダ〟と正しく発音できた）、弁護士は嘘をついてもよいのです。ただ、裁判官を罠にかけてはなりません」

「差がよく判りませんが、お互いに嘘をつき合ってもよいのですね」

「ご存知のように、プロテスタントの国では神の前で嘘をつかないことを誓い、自分に不利な情報でも提供せねばなりません。それを理想主義だとすると、フランスみたいなカトリックの国はずっと現実的で、人間は誰でも自分の身を救いたい、そのために嘘をつくのは人間として当たり前だ、と考えるのです。ですから、お互いに自分に不都合な情報は隠し、有利なことだけを主張します。裁判官はその中から勝者と敗者に振り分ける役を負っています。フランスの裁判官は事実を技術的に分析する科学者ではなく、人間性を本能的・心理的に分析する芸術家なのです」

僕はベール事務所が提出した偽の書類の話をした。

「ムッシュー・ウチダ、裁判所が閉廷される前に、裁判官は原告と被告の弁護士を呼び出し、五分か十分のおさらいをする時間を与えます。ベール事務所側はそのときに問題の表紙を提出したに違いありません。だから正式には提出されていないのに、判決書の中には含まれていたのでしょう。早速、裁判所へ行って調べてみます」

「この点に関し、ベール事務所は訴状の中で奇妙に曖昧な表現を使っているのですが」

ヴィラロンガ弁護士は急に僕の発言をさえぎって言った。

「おかしいですね。この件は使用者と従業者の争いですから労働裁判所の管轄なのに、ベール事務所のヴァネル弁護士はパリの民事裁判所に提訴しています」

僕はザヴィエルからの電話の話をした。

「これから裁判の無効を訴えることはできないでしょうか」

「問題は一審が、手続きの管轄権ではなく、訴訟の本質に関する判決を出してしまったことです。それを打ち消すことができるのは二審の高等裁判所だけです。悪いことに高等裁判所は判決を覆すのが嫌いで、そう、八〇％ぐらいは一審判決を維持します、裁判所は案件が溜まり過ぎており、詳細に審査し直すより追認の方が簡単だからです」

ヴィラロンガ弁護士は裁判所書類の中にF社出願書の表紙を見出したので、裁判手続きの異常を理由に損害賠償の即時支払命令の撤回を要求した。

更に、ヴィラロンガ弁護士は刑法の長老である大学教授に相談に行き、先生の後押しの下で、ベール事務所を調査判事へ訴えた。理由は虚偽書類の作成と使用である。エッフェル事務所が共同原告となってくれた。

その頃、フランス業界の倫理委員会からの報告書が出された。報告者は商標関係の女性弁護士で、特許制度での虚偽書類の意味を理解しないまま、短い報告書を纏め、僕に送ってきた。それを読んでも、倫理的に何が問題なのかさえも判らなかった。彼女はベール事務所と仲の良い事務所で働く、引退直前の弁護士だった。ベール事務所はこの業界で最大の財政貢献者であることを、僕は身の辺りに感じた。

ヨーロッパ業界の倫理委員会では、フランスで生じた案件を取り扱うときはフランス人が委員長になった。この委員長は、この件はいまフランスの裁判所で審理中だから倫理委員会は判定を下さない、と決定した。これは倫理と民事は別問題であるとする判例に反するように思われたが、この判定には上訴する手段はなかった。この委員長は決定を下した直後に僕に電話してきて「一緒に夕食をしませんか」と提案してきた。僕が「私のフランス語は十分でないので、フランス人の妻を同行してよいでしょうか」と聞くと、判りました、それではまた連絡します、と言って電話を切った。数日後に委員長は「エッフェル事務所の近くを通ったから」という口実で、突然に僕の前に現れた。

「ムッシュー・ウシダにとってもベール事務所にとっても、最善の方法は和解することです。私が和解を仲介して結構です」

「虚偽の書類を提出したのは僕ではありませんから、ご仲介は必要ありません」

「そしたら、逆にベール事務所が貴方を提訴するかも知れませんよ」

「どうしてでしょうか」

「…………」

「僕がたくさんの訴えを起こしたからでしょうか」

「マア、そうです」

「僕は必死なのです。僕みたいな代理人の役目はお客さんの利益を図ることで、ベール事務所の利益を図ることではありません。僕は何の悪いことをした覚えもないのに、ベール事務所と裁判所から非難されているのです。裁判所は僕の言うことを聞かず、ベール事務所が提出した虚偽の書類を信じているのです。


一つ、F社からの話をお聞かせしましょう。F社にはドイツでも同じような情況が生じました。F社の出願を取り扱っていた二人の弁護士が、親事務所から独立するというので、F社の案件を継続して取り扱えるようにF社に頼んできたのです。F社は親事務所に手紙を出し、今後はF社の案件をどう取り扱うか、と聞きました。親事務所は、もちろん自分で継続して取り扱うことはできるが、それを決めるのはF社であり、F社の希望するように取り計らう、と答えてきたのです。何と立派な文明人の態度でしょう。F社はその態度に感銘して、親事務所の客として残りました。それに対してベール事務所は……」

委員長は何も言わずに立ち上がった。

ヴァネル弁護士は被告に通知せずに裁判所へ情報を提供したことで、弁護士会から注意を受けたが、案件はそこで終わってしまった。

調査判事はベール事務所とエッフェル事務所と僕を交互に召喚した。彼は僕とヴィラロンガ弁護士に向って言った。

「ベール事務所はF社出願書の表紙を自分で書き換えた訳ではないから、書類の偽造とは言えないのでは？」

何とデカルト式の画一的な頭を持った判事だろう、と僕は思った。

「でもその表紙はベール事務所が自分で取り扱った出願書の表紙ですから、それが間違っていることを知っていたはずです。だからこそ、それを僕に隠して裁判官へ提出したのです。事実を知りながら、僕を陥れるためにその表紙を使用したのですから、表紙を捏造して使用したのと同等なはずです」

「ハハア、すると、知能的偽造だとおっしゃりたいのですね」

判事はいつも行為と言葉との関係ばかり探しているような印象を受けた。それからベール事務所から召喚された三人の役員の供述書に触れた。

「ベール事務所はこの表紙を説明に使うために弁護士に渡したが、その弁護士が勝手に裁判官へ渡したのだ、と言っています」

僕は間もなく刑事判事の判決書を受け取った。

「エッフェル事務所の代表者は、ベール事務所がこの表紙を誤解して提出した可能性もある、と認めた。従って七〇％の可能性で、ベール事務所の行為は故意ではなく誤解であったとみなされる」

僕は後でエッフェル事務所の会長に食ってかかった。会長とは長く続く裁判のお陰で、今は俺・お前の仲になっていた。

「俺とお前が刑事事件でベール事務所を訴えたということは、相手の行為が意図的だったことを前提にしているのだ。それなのに訴えた本人のお前が、その行為は誤解によるのかも知れない何て言うと、自分の行為を否定したことになるのをお前は意識しているのか？　最初エッフェル事務所も共同原告になると言ってくれたとき僕は嬉しかったが、今は非常に後悔している」

ルモンド紙によると、この調査判事はフランスの国立銀行がカリフォルニアで起こした醜聞や、首相が競争相手の政治家を陥れようとした事件などを調査した判事だった。彼にとっては特許の表紙に拘る僕の煩悶なんて、正義の問題の中には入るまい。

僕のあらゆる努力はここで水泡にきしてしまった。虚偽書類提出の問題は水面下に沈んだまま、僕は八方塞がりの状態になった。

ベール事務所のスルノワ副所長は所長となり、僕と親しかった部下に電話させ「何処かで会って和解を話し合おう」と提案してきた。僕がそれを断った後、ベール事務所はエッフェル事務所の会長と社長にも働きかけてきた。これらの闇取引の間、ベール事務所は偽書類の提出に関することには一言も触れなかった。それは弱みを示すことになるからだ。しかも、ベール事務所は一審で勝ったから、二審でもこのまま勝ちで逃げ込む可能性は充分あったのだ。

僕が折れないことが判ると、ベール事務所は弁護士を、昔の大臣の家系に属する大事務所に変え、再び分厚い書類を提出してきた。その上部には例により、給料の安い裁判官の気を惹くため、新しいルメール弁護士がベール事務所へ送った八枚の請求書と六百万円の支払額、それから、この金額にはベール事務所の責任者が費やした時間（一時間五万円）は計算に入っていない旨の説明書があった。そして僕個人に対する損害賠償の要求額を全部で一億円に吊り上げてきた。僕にそんな財力がある訳がないから、僕を脅して和解に追い込むことを期待したのだ。更に裁判結果を日本の三種の専門誌に発表する費用として、百万円を要求してきた。日本には訴えられたことが他人に知られると恥だ、という考えがあるから、僕が困って妥協すると思ったからだ。何と愚かな先入主か。

知的財産分野では、世界の特許制度を知らない裁判官を相手にすると複雑になる。ベール事務所は僕がお客を横領したとする証拠として、何の説明もせずに数十件の国際特許出願の表紙を提出した。例えばその一つでは、僕の退職寸前の一二月二五日が出願日として記入され、代理人の欄には僕とエッフェル事務所の名が印刷されている。これだけを見れば誰でも、僕がベール事務所在籍中にエッフェル事務所の名で、ベール事務所の旧来の客のために国際特許を出願していたことになり、職業上の重大な過失を犯したことになる。しかし専門家なら誰でも知っている。日本で出願された国際特許は、その出願日（一二月二五日）から一年半から二年半後にヨーロッパに移転して出願される。だから僕がエッフェル事務所の名の下にヨーロッパで出願したのは、僕の転職よりズッと後になるのだ。そのような経過はヨーロッパ庁の複雑なデータ・バンクを綿密に調べなければ判らない。僕はこの裁判中に、電算機による調査技術で大きな進歩を遂げた。

ヴィラロンガ弁護士は僕の準備した厚い調査を見て言った。

「裁判官は第一印象で自分の結論を決め、後は結論に合うように一方の主張だけを貼り付けていきます。我々の作戦としてはこうしましょう。まず相手がムッシュー・ウチダの影で偽の書類を裁判官へ提出した事実を一頁か二頁に纏める。それから、貴方がなさった調査書類を一頁の表に纏める。そうして、その分厚い書類は参考書類として別にまとめ、裁判官が見たいときだけに見ればよいようにする」

高等裁判所での公開弁論では、ベール事務所のルメール弁護士は極めて品格がありそうな人で、まず被告である僕に握手を求めて来た。僕はヴァネル弁護士とは違う友好的な弁護士にあって嬉しくなり、思わず彼の手を強く握り返した。しかし彼も審議中に嘘をついた。女性裁判長は尋ねた。

「それで、ベール事務所は通常の場合は、貴事務所の客の勧誘を禁じる契約をしていたのですね」

「ハイ、ムッシュー・ウシダの以外の者とはそのような契約をしています」

会場にいた僕や妻やエッフェル事務所の会長は、ルメール弁護士の虚言に抗議して、

「ウー、ウー」

と唸って抗議した。僕の業界ではヨーロッパ規則によりそんな契約は結んではならないのだ。ルメール弁護士は振り返って僕等に目を向け、穏やかに言った。

「私は私の客を弁護しているだけです。どうぞ、私の弁護を続けさせて下さるよう、お願いします」

ルメール弁護士につぎ、エッフェル事務所の弁護士が弁論中、女性裁判長はそれを中断して言った。

「貴殿はムッシュー・ウシダばかり弁護していますが、貴殿のお客はムッシュー・ウシダではなく、エッフェル事務所ですよ」

僕はこのときに、勝てるかもしれない、と思った。

裁判の判決は別の日に行われる。僕はそのときは仕事で東京にいた。僕の妻が東京のホテルに電話してきた。

「ブラヴォー、ブラヴォー　そして、ブラヴォー」

そして泣き出した。

かくして僕の悪夢は終わった。色の黒い郊外族の言ったことは本当だった。警察が多ければ、それに比例して正義は少なくなる。もともと、本当の正義があれば警察は必要でなくなるだろう。歴史が作った格言も本当だ。僕は裁判では勝ったが、この七年間に情緒的に失った物と時間は帰ってこない。

僕の精神的損害への賠償要求は裁判所により拒否された。今でも因果関係が判らないが、僕自身がいろんな手段を使ってベール事務所に挑戦したためだという。もし僕がベール事務所と和解しておれば、ボーナスの幾分かは回収できたかもしれないのに。

五通のファックスの件は、実は、ベール事務所のそれまでの脅しや嫌がらせへの僕の挑発だった。

僕はベール事務所と直接に関係のない友人だけを選び、スルノワ副所長に話し、ファックスを日本へ送り、原本をわざわざ机の上に残したまま退職したのだ。僕がもしそのファックスを使って客を盗むつもりだったら、そんな物をベール事務所の机上に残す訳はない。しかしそんな常識も、実社会に疎い裁判官には通じない。そしてそのファックスは僕の想像もしなかった、人間の心理の解釈への傍証として使われたのだ。つまり、仕事で関係ある会社にも、同様にして予告したに違いない、として。

モッシュ所長は訴状の中で、僕の退職直後の「一月五日」という日を使って僕を陥れようとした。しかしモッシュ所長は一月五日のF社出願を取り扱った当人であり、その表紙は事実を反映していないことを知っていた。だから裁判所への証拠としては、僕が担当した別社の八月出願の表紙だけを提出した。そのモッシュ所長は裁判の途中に死んでしまった。案件を継承したスルノワ副所長やコン副々所長は、モッシュ所長が一月五日の表紙を使わなかった理由が判らず、鬼の首を取った気でそれを裁判所へ提出したのだ。重要証拠として。つまりスルノワ副所長等は、モッシュ所長が僕に仕掛けた罠に嵌ってしまったのだ。

ダーウインによると、生き物は自分の種族を保存するように進化する。自分の文化を保護することは、自分の種族を守ることに通じるのかもしれない。フランスはフランス人に味方し、司法界は異端分子から自己を防衛し、医師会は職業上過失を問われた医者を保護しようとする。

しかしフランスの裁判制度には素晴らしい長所がある。それはそのいい加減さだ。そのせいで裁判経費が低く抑えられ、普通の個人でも正義への裁判を少なくとも要求することができる。イギリスやドイツなら裁判はずっと正確に綿密になされようが、その分だけ費用はかかり、しかも敗者は勝者の費用まで弁償しなければならない。これでは財力のない個人は裁判所で争いを起こすことはできず、争いを続けることもできず、例え誤判が生じても最後は和解に甘んじなければなるまい。

今になっての唯一の後悔は、この裁判中に、二〇年も眠っていた妻のガンが再発したことだ。医学書によると、ストレスはガンを誘発するらしい。

追記――以上は、僕の悪夢を印象画風に書いたもので、誰かを巻添えにするものではない。しかし、山本さん、矢野さん、溝江さん、林さんには心から感謝する。

あとがき

私は西洋人の前では西洋をけなす傾向がありますが、日本人の前では逆にそれを弁護するようになりました。これは異国で長く働く者の外国労働者症候群かもしれません。しかし西洋のこの価値は誰にも否定できません。それは怠惰性を否定しない文化です。それが日本にもアメリカにもない、西洋社会の魅力を作っていると思います。

私はときどき職場から抜け出してカフェに行くようになりました。カフェでボサッとし、道行く人を観察し、機会あれば隣客と会話し、ビールで喉を潤しながら、過去の思い出を追う。この怠惰な時間が限りなく尊いものに思えてなりません。なぜなら、人生は間もなく急停止することは判っており、それを忘れて貴重な時間を仕事だけで浪費するのは馬鹿げていると思うからです。私は職業のせいで長い旅行はできませんが、カフェの中でポール・テルーやブルース・チェトウィンのロマンに満ちた旅行記を読んで、果たせない欲望を満たしました。

自分で怠惰な時間を作れるようになったら、今度は今までの経験を記録したいと思うようになりました。私と西洋人との付き合いは誤解の連続です。単に言葉だけの問題ではありません。なんともない表現を使ったつもりでも、使う状況や発音の抑揚加減で変に誤解され、悪いことに互いにそれに気付かないまま別れてしまうこともあります。恐らくお互いに傷ついたまま。異なる人種が自分の文化を主張しながら共存する西洋の社会では、誤解は絶えません。

私の周囲で、表面の事象だけからは訳が判らないことが沢山起こりました。名を名乗らない隠れた勢力が地下で網を張っていたからです。しかもその網は長い歴史を持っています。そこで私は友人達の人種や宗教の歴史に興味を持ち始めました。そうすると、今の歴史は過去のちょっとしたすれ違いや、時の権力者の気紛れや賭け心で出来上がったにすぎない、と思うようになりました。もし時の浮気が別様に働いておれば、今の世界は別の世界になっていたはずです。

私はそのような経験と観察を書いてみたいと思いました。

そのきっかけとなったのが、影書房の松本昌次氏のお励ましとご助力でした。二〇年前に私が初めて本を書いたときもそうでした。ただし当時の松本氏は、庄幸司郎氏と矢田金一郎氏という忘れ難い今は亡き二人の旧友に囲まれて働いておられました。

時は経ちました。今度の出版では松本氏は同じ影書房の松浦弘幸氏と共に、本の内容にご意見を下さり、校正をして下さいました。前著『巴里《パリ》気質《エスプリ》・東京《とうきょう》感覚《センス》』同様、松本進介氏が装丁をしてくれました。みなさんに深く感謝致します。

二〇〇八年一〇月　　パリにて

内田謙二

内田謙二（うちだ　けんじ）
福岡県で育ち、東京大学農芸化学科卒。日本での企業生活ののち渡仏。
パリ大学理学博士。チューヒンゲン大学、チューリッヒ工科大学、フランス鉄鋼研究所などで研究。ストラスブルグ大学法科修士。1995年欧州特許弁護士、96年欧州商標弁護士取得。著書に『巴里気質《パリエスプリ》・東京感覚《とうきょうセンス》』（影書房・1986年）がある。パリ在住。

ヴィンテージ・カフェからの眺め
――西欧《ヨーロッパ》を夢みた黄色い目

2009年２月25日　初版第１刷

著　者　内田《うちだ》 謙二《けんじ》
発行所　株式会社　影書房
発行者　松本 昌次
〒114-0015 東京都北区中里3-4-5
ヒルサイドハウス101
電　話　03（5907）6755
ＦＡＸ　03（5907）6756
E-mail：kageshobou@md.neweb.ne.jp
http://www.kageshobo.co.jp/
〒振替　00170-4-85078

本文印刷＝スキルプリネット
装本印刷＝ミサトメディアミックス
製本＝協栄製本

定価　2,200円＋税

ISBN978-4-87714-392-3